A CAPITAL FEDERAL

Arthur Azevedo

TEXTO INTEGRAL

Relação dos Volumes Publicados

1. **Dom Casmurro** *Machado de Assis*
2. **O Príncipe** *Maquiavel*
3. **Mensagem** *Fernando Pessoa*
4. **O Lobo do Mar** *Jack London*
5. **A Arte da Prudência** *Baltasar Gracián*
6. **Iracema** *José de Alencar*
7. **Inocência** *Visconde de Taunay*
8. **A Mulher de 30 Anos** *Honoré de Balzac*
9. **A Moreninha** *Joaquim Manuel de Macedo*
10. **A Escrava Isaura** *Bernardo Guimarães*
11. **As Viagens - "Il Milione"** *Marco Polo*
12. **O Retrato de Dorian Gray** *Oscar Wilde*
13. **A Volta ao Mundo em 80 Dias** *Júlio Verne*
14. **A Carne** *Júlio Ribeiro*
15. **Amor de Perdição** *Camilo Castelo Branco*
16. **Sonetos** *Luís de Camões*
17. **O Guarani** *José de Alencar*
18. **Memórias Póstumas de Brás Cubas** *Machado de Assis*
19. **Lira dos Vinte Anos** *Álvares de Azevedo*
20. **Apologia de Sócrates** *Platão*
21. **A Metamorfose/ Carta a Meu Pai/ Um Artista da Fome** *Franz Kafka*
22. **Assim Falou Zaratustra** *Friedrich Nietzsche*
23. **Triste Fim de Policarpo Quaresma** *Lima Barreto*
24. **A Ilustre Casa de Ramires** *Eça de Queirós*
25. **Memórias de um Sargento de Milícias** *Manuel Antônio de Almeida*
26. **Robinson Crusoé** *Daniel Defoe*
27. **Espumas Flutuantes** *Castro Alves*
28. **O Ateneu** *Raul Pompéia*
29. **O Noviço** *Martins Pena*
30. **A Relíquia** *Eça de Queirós*
31. **O Jogador** *Dostoiévski*
32. **Histórias Extraordinárias** *Edgar Allan Poe*
33. **Os Lusíadas** *Luís de Camões*
34. **As Aventuras de Tom Sawyer** *Mark Twain*
35. **Bola de Sebo e Outros Contos** *Guy de Maupassant*
36. **A República** *Platão*
37. **Elogio da Loucura** *Erasmo de Rotterdam*
38. **Caninos Brancos** *Jack London*
39. **Hamlet** *William Shakespeare*
40. **A Utopia** *Thomas More*
41. **O Processo** *Franz Kafka*
42. **O Médico e o Monstro** Robert Loüis Stevenson
43. **Ecce Homo** *Friedrich Nietzsche*
44. **O Manifesto Comunista** *Marx e Engels*
45. **Discurso do Método / Regras para a Direção do Espírito** *René Descartes*
46. **Do Contrato Social** *Jean-Jacques Rousseau*
47. **A Luta pelo Direito** *Rudolf von Ihering*
48. **Dos Delitos e das Penas** *Cesare Beccaria*
49. **A Ética Protestante e o Espírito do Capitalismo** *Max Weber*
50. **O Anticristo** *Friedrich Nietzsche*
51. **Os Sofrimentos do Jovem Werther** *Goethe*
52. **As Flores do Mal** *Charles Baudelaire*
53. **Ética a Nicômaco** *Aristóteles*
54. **A Arte da Guerra** *Sun Tzu*
55. **Imitação de Cristo** *Tomás de Kempis*
56. **Cândido ou o Otimismo** *Voltaire*
57. **Rei Lear** *William Shakespeare*
58. **Frankenstein** *Mary Shelley*
59. **Quincas Borba** *Machado de Assis*
60. **Fedro** *Platão*
61. **Política** *Aristóteles*
62. **A Viuvinha/ Encarnação** *José de Alencar*
63. **As Regras do Método Sociológico** *Émile Durkheim*
64. **O Cão dos Baskervilles** *Sir Arthur Conan Doyle*
65. **Contos Escolhidos** *Machado de Assis*
66. **Da Morte / Metafísica do Amor / Do Sofrimento do Mundo** *Arthur Schopenhauer*
67. **As Minas do Rei Salomão** *Henry Rider Haggard*
68. **Manuscritos Econômico-Filosóficos** *Karl Marx*
69. **Um Estudo em Vermelho** *Sir Arthur Conan Doyle*
70. **Meditações** *Marco Aurélio*
71. **A Vida das Abelhas** *Maurice Materlinck*
72. **O Cortiço** *Aluísio Azevedo*
73. **Senhora** *José de Alencar*
74. **Brás, Bexiga e Barra Funda / Laranja da China** *Antônio de Alcântara Machado*
75. **Eugênia Grandet** *Honoré de Balzac*
76. **Contos Gauchescos** *João Simões Lopes Neto*
77. **Esaú e Jacó** *Machado de Assis*

78. O Desespero Humano
Sören Kierkegaard

79. Dos Deveres
Cícero

80. Ciência e Política
Max Weber

81. Satíricon
Petrônio

82. Eu e Outras Poesias
Augusto dos Anjos

83. Farsa de Inês Pereira / Auto da Barca do Inferno / Auto da Alma
Gil Vicente

84. A Desobediência Civil e Outros Escritos
Henry David Toreau

85. Para Além do Bem e do Mal
Friedrich Nietzsche

86. A Ilha do Tesouro
R. Louis Stevenson

87. Marília de Dirceu / Cartas Chilenas
Tomás A. Gonzaga

88. As Aventuras de Pinóquio
Carlo Collodi

89. Segundo Tratado Sobre o Governo
John Locke

90. Amor de Salvação
Camilo Castelo Branco

91. Broquéis / Faróis
Cruz e Souza

92. I-Juca-Pirama / Os Timbiras / Outros Poemas
Gonçalves Dias

93. Romeu e Julieta
William Shakespeare

94. A Capital Federal
Arthur Azevedo

95. Diário de um Sedutor
Sören Kierkegaard

96. Carta de Pero Vaz Caminha a El-Rei Sobre o Achamento do Brasil

97. Casa de Pensão
Aluísio Azevedo

98. Macbeth
William Shakespeare

99. Édipo Rei / Antígona
Sófocles

100. Lucíola
José de Alencar

101. As Aventuras de Sherlock Holmes
Sir Arthur Conan Doyle

102. Bom-Crioulo
Adolfo Caminha

103. Helena
Machado de Assis

104. Poemas Satíricos
Gregório de Matos

105. Escritos Políticos / A Arte da Guerra
Maquiavel

106. Ubirajara
José de Alencar

107. Diva
José de Alencar

108. Eurico, o Presbítero
Alexandre Herculano

109. Contos
Lima Barreto

110. A Luneta Mágica
Joaquim Manuel de Macedo

111. Fundamentação da Metafísica dos Costumes
Immanuel Kant

112. O Príncipe e o Mendigo
Mark Twain

113. O Domínio de Si Mesmo pela Auto-Sugestão Consciente
Émile Coué

114. O Mulato
Aluísio Azevedo

115. Sonetos
Florbela Espanca

116. Uma Estadia no Inferno / Poemas / Carta do Vidente
Arthur Rimbaud

117. Várias Histórias
Machado de Assis

118. Fédon
Platão

119. Poesias
Olavo Bilac

120. A Conduta para a Vida
Ralph Waldo Emerson

121. O Livro Vermelho
Mao Tsé-Tung

122. Oração aos Moços
Rui Barbosa

123. Otelo, o Mouro de Veneza
William Shakespeare

124. Ensaios
Ralph Waldo Emerson

125. De Profundis / Balada do Cárcere de Reading
Oscar Wilde

126. Crítica da Razão Prática
Immanuel Kant

127. A Arte de Amar
Ovídio Naso

128. O Tartufo
Molière

129. Metarmofoses
Ovídio

130. A Gaia Ciência
Friedrich Nietzsche

131. O Doente Imaginário
Molière

132. Uma Lágrima de Mulher
Aluísio Azevedo

133. O Último Adeus de Sherlock Holmes
Sir Arthur Conan Doyle

Série Ouro

1. Leviatã
Thomas Hobbes

2. A Cidade Antiga
Fustel de Coulanges

3. Crítica da Razão Pura
Immanuel Kant

4. Confissões
Santo Agostinho

5. Os Sertões
Euclides da Cunha

6. Dicionário Filosófico
Voltaire

7. A Divina Comédia
Dante Alighieri

8. Ética
Baruch de Spinoza

9. Do Espírito das Leis
Montesquieu

10. O Primo Basílio
Eça de Queirós

11. O Crime do Padre Amaro
Eça de Queirós

12. Crime e Castigo
Dostoiévski

13. Fausto
Goethe

14. O Suicídio
Émile Durkheim

15. Odisséia
Homero

16. Paraíso Perdido
John Milton

17. Drácula
Bram Stocker

18. Ilíada
Homero

19. As Aventuras de Huckleberry Finn
Mark Twain

20. São Paulo
Ernest Renan

21. Eneida
Virgílio

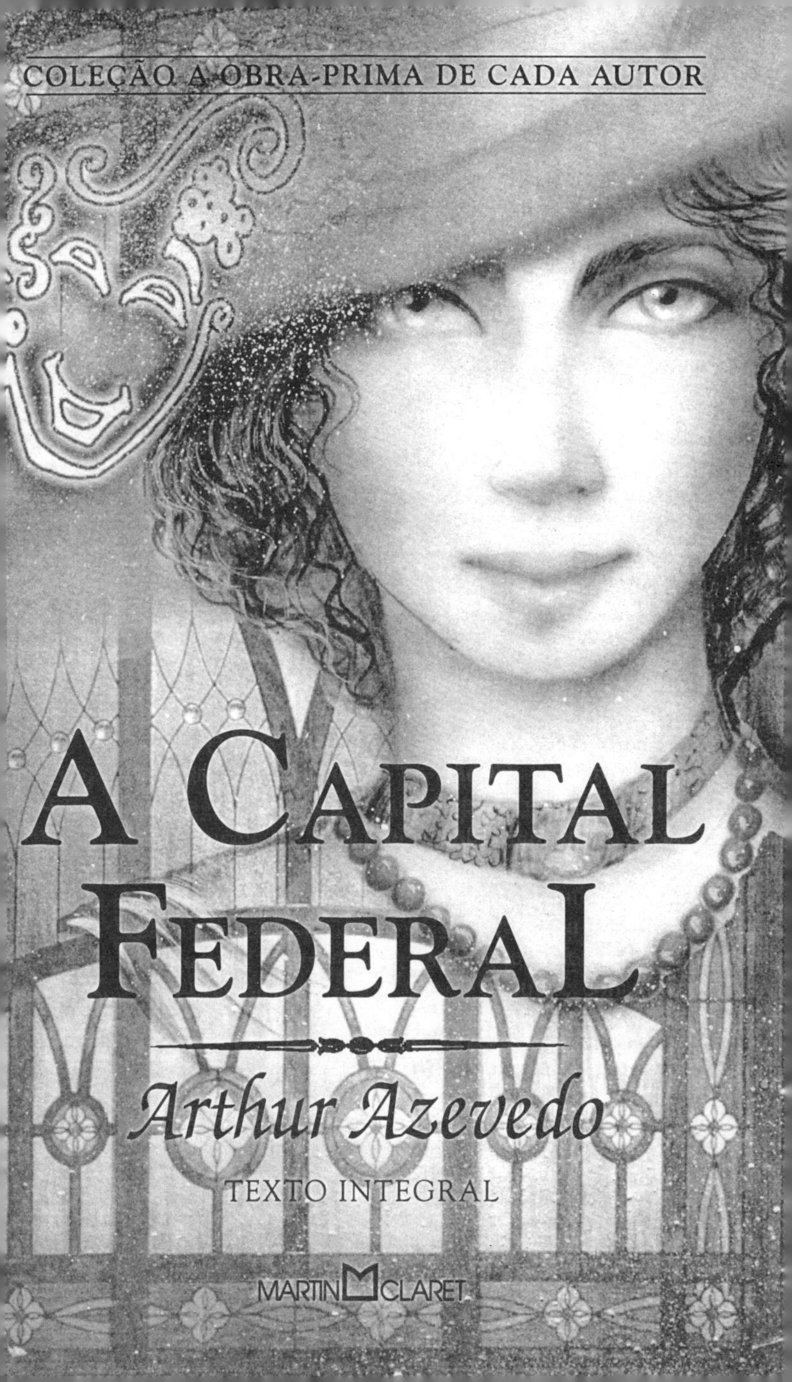
COLEÇÃO A OBRA-PRIMA DE CADA AUTOR
A CAPITAL FEDERAL
Arthur Azevedo
TEXTO INTEGRAL
MARTIN CLARET

CRÉDITOS

Idealização e Realização
Martin Claret

Capa
Ilustração
Cláudio Gianfardoni

Miolo
Revisão
Rosana Citino
Lucyana Rocha de Oliveira

Projeto Gráfico
José Duarte T. de Castro

Direção de Arte
José Duarte T. de Castro

Digitação
Conceição A. Gatti Leonardo

Editoração Eletrônica
Editora Martin Claret

Fotolitos da Capa
ERJ Informática

Papel
Off-Set, 75g/m²

Impressão e Acabamento
Paulus Gráfica

Editora Martin Claret - Rua Alegrete, 62 - Bairro Sumaré
CEP 01254-010 - São Paulo - SP
Tel.: (11) 3672-8144 - Fax: (11) 3673-7146
www.martinclaret.com.br

Agradecemos a todos os nossos amigos e colaboradores — pessoas físicas e jurídicas — que deram as condições para que fosse possível a publicação deste livro.

Este livro foi impresso no verão de 2003.

A história do livro e a coleção "A Obra-Prima de Cada Autor"

MARTIN CLARET

Que é o livro? Para fins estatísticos, na década de 60, a UNESCO considerou o livro "uma publicação impressa, não periódica, que consta no mínimo de 49 páginas, sem contar as capas".

O livro é um produto industrial.

Mas também é mais do que um simples produto. O primeiro conceito que deveríamos reter é o de que o livro como objeto é o veículo, o suporte de uma informação. O livro é uma das mais revolucionárias invenções do homem.

A *Enciclopédia Abril* (1972), publicada pelo editor e grande empresário Victor Civita, no verbete "livro" traz concisas e importantes informações sobre a história do livro. Para completo conhecimento de nosso leitor, transcrevemos a seguir alguns tópicos desse didático estudo sobre o livro:

O livro na Antiguidade

Antes mesmo que o homem pensasse em utilizar determinados materiais para escrever (como, por exemplo, fibras vegetais e tecidos), as bibliotecas da Antigüidade estavam repletas de textos gravados em tabuinhas de barro cozido. Eram os primeiros "livros", depois progressivamente modificados até chegarem a ser feitos — em grandes tiragens — em papel impresso mecanicamente, proporcionando facilidade de leitura e transporte. Com eles, tornou-se possível, em todas as épocas, transmitir fatos, acontecimentos históricos, descobertas, tratados, códigos ou apenas entretenimento.

Como sua fabricação, a função do livro sofreu enormes modificações dentro das mais diversas sociedades, a ponto de constituir uma mercadoria especial, com técnica, intenção e utilização determinadas. No moderno movimento editorial das chamadas sociedades de consumo, o livro pode ser considerado uma mercadoria cultural, com maior ou menor significado no contexto socioeconômico em que é publicado. Enquanto mercadoria, pode ser comprado, vendido ou trocado. Isso não ocorre, porém, com sua função intrínseca, insubstituível: pode-se dizer que o livro é essencialmente um instrumento cultural de difusão de idéias, transmissão de conceitos, documentação (inclusive fotográfica e iconográfica), entretenimento ou ainda de condensação e acumulação do conhecimento. A palavra escrita venceu o tempo, e o livro conquistou o espaço. Teoricamente, toda a humanidade pode ser atingida por textos que difundem idéias que vão de Sócrates e Horácio a Sartre e McLuhan, de Adolf Hitler a Karl Marx.

Espelho da sociedade

A história do livro confunde-se, em muitos aspectos, com a história da humanidade. Sempre que escolhem frases e temas, e transmitem idéias e conceitos, os escritores estão elegendo o que consideram significativo no momento histórico e cultural que vivem. E, assim, fornecem dados para a análise de sua sociedade. O conteúdo de um livro — aceito, discutido ou refutado socialmente — integra a estrutura intelectual dos grupos sociais.

Nos primeiros tempos, o escritor geralmente vivia em contato direto com seu público, que era formado por uns poucos letrados, já cientes das opiniões, idéias, imaginação e teses do autor, pela própria convivência que tinha com ele. Muitas vezes, mesmo antes de ser redigido o texto, as idéias nele contidas já haviam sido intensamente discutidas pelo escritor e parte de seus leitores. Nessa época, como em várias outras, não se pensava na enorme porcentagem de analfabetos. Até o século XV, o livro servia exclusivamente a uma pequena minoria de sábios e estudiosos que constituíam os círculos intelectuais (confinados aos mosteiros durante o começo da Idade Média) e que tinham acesso às bibliotecas, cheias de manuscritos ricamente ilustrados.

Com o reflorescimento comercial europeu, nos fins do século XIV, burgueses e comerciantes passaram a integrar o mercado livreiro da época. A erudição laicizou-se e o número de escritores aumentou, surgindo também as primeiras obras escritas em línguas que não o latim e o grego (reservadas aos textos clássicos e aos assuntos considerados dignos de atenção).

Nos séculos XVI e XVII surgiram diversas literaturas nacionais, demonstrando, além do florescimento intelectual da época, que a população letrada dos países europeus estava mais capacitada a adquirir obras escritas.

Cultura e comércio

Com o desenvolvimento do sistema de impressão de Gutenberg, a Europa conseguiu dinamizar a fabricação de livros, imprimindo, em cinqüenta anos, cerca de vinte milhões de exemplares para uma população de quase cem milhões de habitantes, cuja maioria era analfabeta. Para a época, isso significou enorme revolução, demonstrando que a imprensa só se tornou uma realidade diante da necessidade social de ler mais.

Impressos em papel, feitos em cadernos costurados e posteriormente encapados, os livros tornaram-se empreendimento cultural e comercial: os editores passaram logo a se preocupar com melhor apresentação e preços reduzidos. Tudo levou à comercialização do livro. E os livreiros baseavam-se no gosto do público para imprimir, principalmente, obras religiosas, novelas, coleções de anedotas, manuais técnicos e receitas.

Mas a porcentagem de leitores não cresceu na mesma proporção que a expansão demográfica mundial. Somente com as modificações socioculturais e econômicas do século XIX — quando o livro começou a ser utilizado também como meio de divulgação dessas modificações, e o conhecimento passou a significar uma conquista para o homem, que, segundo se acreditava, poderia ascender socialmente se lesse — houve um relativo aumento de leitores, sobretudo na França e na Inglaterra, onde alguns editores passaram a produzir obras completas de autores famosos, a preços baixos. O livro era então interpretado como símbolo de liberdade, conseguida por conquistas culturais. Entretanto, na maioria dos países, não houve nenhuma grande modificação nos índices percentuais até o fim da Primeira Guerra Mundial (1914/18), quando surgiram as primeiras grandes tiragens de um só livro, principalmente romances, novelas e textos didáticos. O número elevado de cópias, além de baratear o preço da unidade, difundiu ainda mais a literatura. Mesmo assim, a maior parte da população de muitos países continuou distanciada, em parte porque o livro, em si, tinha sido durante muitos séculos considerado objeto raro, atingível somente por um pequeno número de eruditos. A grande massa da população mostrou maior receptividade aos jornais, periódicos e folhetins, mais dinâmicos e atualizados, e acessíveis ao poder aquisitivo da grande maioria.

Mas isso não chegou a ameaçar o livro como símbolo cultural de difusão de idéias, como fariam, mais tarde, o rádio, o cinema e a televisão.

O advento das técnicas eletrônicas, o aperfeiçoamento dos métodos fotográficos e a pesquisa de materiais praticamente imperecíveis fazem alguns teóricos da comunicação de massa pensarem num futuro sem os livros tradicionais (com seu formato quadrado ou retangular, composto de folhas de papel, unidas umas às outras por um dos lados).

Seu conteúdo e suas mensagens (racionais ou emocionais) seriam transmitidos por outros meios, como, por exemplo, microfilmes e fitas gravadas.

A televisão transformaria o mundo todo numa grande "aldeia" (como afirmou Marshall McLuhan), no momento em que todas as sociedades decretassem sua prioridade em relação aos textos escritos.

Mas a palavra escrita dificilmente deixaria de ser considerada uma das mais importantes heranças culturais, entre todos os povos.

Através de toda sua evolução, o livro sempre pôde ser visto como objeto cultural (manuseável, com forma entendida e interpretada em função de valores plásticos) e símbolo cultural (dotado de conteúdo, entendido e interpretado em função de valores semânticos). As duas maneiras podem fundir-se no pensamento coletivo, como um conjunto orgânico (onde texto e arte se completam, como, por exemplo, em um livro de arte) ou apenas como um conjunto textual (onde a mensagem escrita vem em primeiro lugar — num livro de matemática, por exemplo).

A mensagem (racional, prática ou emocional) de um livro é sempre intelectual e pode ser revivida a cada momento.

O conteúdo, estático em si, dinamiza-se em função da assimilação das palavras pelo leitor, que pode discuti-las, reafirmá-las, negá-las ou transformá-las. Por isso, um livro pode ser considerado instrumento cultural capaz de liberar informação, sons, imagens, sentimentos e idéias através do tempo e do espaço.

A quantidade e a qualidade de idéias colocadas em um texto podem ser aceitas por uma sociedade, ou por ela negadas, quando entram em choque com conceitos ou normas culturalmente admitidos.

Nas sociedades modernas, onde a classe média tende a considerar o livro como sinal de *status* e cultura (erudição), os compradores utilizam-no como símbolo mesmo, desvirtuando suas funções ao transformá-lo em livro-objeto.

Mas o livro é antes de tudo funcional — seu conteúdo é que lhe dá valor (como os livros de ciências, filosofia, religião, artes, história e geografia, que representam cerca de 75% dos títulos publicados anualmente em todo o mundo).

O mundo lê mais

No século XX, o consumo e a produção de livros aumentaram progressivamente. Lançado logo após a Segunda Guerra Mundial (1939/45), quando uma das características principais da edição de um livro era as capas entreteladas ou cartonadas, o livro de bolso constituiu um grande êxito comercial. As obras — sobretudo *best-sellers* publicados algum tempo antes em edições de luxo — passaram a ser impressas em rotativas, como as revistas, e distribuídas às bancas de jornal. Como as tiragens elevadas permitiam preços muito baixos, essas edições de bolso popularizaram-se e ganharam importância em todo o mundo.

Até 1950, existiam somente livros de bolso destinados a pessoas de baixo poder aquisitivo; a partir de 1955, desenvolveu-se a categoria do livro de bolso "de luxo". As características principais destes últimos eram a abundância das coleções — em 1964 havia mais de duzentas, nos Estados Unidos — e a variedade de títulos, endereçados a um público intelectualmente mais refinado.

A essa diversificação das categorias adiciona-se a dos pontos de venda, que passaram a abranger, além das bancas de jornal, farmácias, lojas, livrarias, etc. Assim, nos Estados Unidos, o número de títulos publicados em edições de bolso chegou a 35 mil em 1969, representando quase 35% do total dos títulos editados.

Proposta da coleção "A Obra-Prima de Cada Autor"

A palavra "coleção" é uma palavra há muito tempo dicionarizada, e em geral define o conjunto ou reunião de objetos da mesma natureza ou que têm qualquer relação entre si. Relativamente à editoração, significa o conjunto não-limitado de obras de autores diversos publicado por uma mesma editora, sob um título geral indicativo de assunto ou área, para atendimento de segmentos definidos do mercado.

A coleção "A Obra-Prima de Cada Autor" corresponde plenamente à definição acima mencionada. Nosso objetivo principal é oferecer, em formato de bolso, a obra mais importante de cada autor, satisfazendo o leitor que procura qualidade. No entanto, atendendo a pedidos de leitores e livreiros, de alguns autores publicamos mais de uma obra-prima.

Desde os tempos mais remotos existiram coleções de livros. Em Nínive, em Pérgamo e na Anatólia existiam "coleções" de obras literárias de grande importância cultural. Mas nenhuma delas superou a célebre biblioteca de Alexandria, incendiada em 48 a.C. pelas legiões de Júlio César, quando arrasaram a cidade. A coleção "A Obra-Prima de Cada Autor" é uma série de livros composta de mais de trezentos volumes, formato de bolso, com preço altamente competitivo e encontrável em centenas de pontos de venda. O critério empregado para selecionar os títulos foi o já estabelecido pela tradição e pela crítica especializada. Na maioria, são obras de ficção, embora possa haver textos sobre religião, poesia, política, psicologia, filosofia e obras de auto-ajuda. Inauguram a coleção quatro textos clássicos: *Dom Casmurro,* de Machado de Assis; *O Príncipe,* de Maquiavel; *Mensagem,* de Fernando Pessoa; e *O Lobo do Mar,* de Jack London.

Nossa proposta é a de uma coleção aberta quantitativamente. A periodicidade é mensal. Editorialmente, nós nos sentimos orgulhosos em poder oferecer a coleção "A Obra-Prima de Cada Autor" aos leitores brasileiros. Nós acreditamos na função do livro.

A história de *A Capital Federal* contada por Arthur Azevedo

Em 1891 representou-se no Teatro Apolo, com muita aceitação do público, a minha décima revista de ano, que se intitulava *Tribofe*. Nessa revista havia uma comédia, cuja ação corria paralela com a exibição dos principais acontecimentos de 1890 — uma comédia que, se fosse convenientemente desenvolvida, poderia destacar-se do resto da peça.

O ator Brandão, que agradou extraordinariamente representando o papel de Eusébio, um dos primeiros personagens da comédia, que ele tornou o primeiro, lamentava, e com razão, que o *Tribofe* estivesse condenado à vida efêmera das revistas de ano, e por isso não lhe fosse possível conservar um dos melhores papéis do seu repertório. E o artista durante longo tempo insistiu comigo para extrair uma nova peça da peça velha.

Eduardo Garrido, depois de assistir a uma representação do *Tribofe*, manifestou igualmente a opinião de que havia ali dentro uma comédia que devia ser aproveitada. Uma comédia, acrescentou ele, que poderia ter um magnífico título: *A capital federal*.

O ilustre comediógrafo, meu amigo e mestre, devia escrever comigo a peça de que é padrinho, pois foi ele quem a batizou e antes mesmo que ela nascesse; mas, infelizmente para o público, Garrido retirou-se para a Europa e eu não tive a honra da sua colaboração.

Esperaria eu que ele voltasse, ou faríamos ambos a peça, embora afastados um do outro pela vastidão do oceano, se ultimamente o amável empresário Silva Pinto não me procurasse pedindo-me com muito empenho que arranjasse *A capital federal* para o seu teatro.

Escrevi, então, essa comédia, que é um trabalho, devo dizê-lo, quase inteiramente novo, pois o que aproveitei do *Tribofe* não ocupa a décima parte do manuscrito. Ampliei cenas, inventei situações e introduzi novos personagens importantes, entre os quais o da Lola, destinado à atriz Pepa, e o do Figueiredo, que escrevi para o ator Colás.

Como uma simples comédia saía do gênero dos espetáculos atuais do Recreio Dramático, e isso não convinha nem ao empresário, nem ao autor, nem aos artistas, nem ao público, resolvi escrever uma peça espetaculosa que deparasse aos nossos cenógrafos, como deparou, mais uma ocasião de fazer boa figura, e recorri também ao indispensável condimento da música ligeira, sem, contudo, descer até o gênero conhecido pela característica denominação de *maxixe*.

Foram conservados alguns bonitos números da partitura do *Tribofe*, escrita pelo inspirado Assis Pacheco, e introduzida uma linda valsa, composta por Luis Moreira. Da composição de todos os demais números, que não são poucos, em boa hora se encarregou o jovem Nicolino Milano o talento musical de primeira ordem, a quem está reservado um grande futuro na arte brasileira.

Clélia, Adelaide de Lacerda e Henrique Machado (sem falar de Brandão) têm a seu cargo os personagens — agora muito mais complexos — que com tanta distinção representaram no *Tribofe*, e os demais artistas do recreio ficaram bem aquinhoados, especialmente Pepa e Colás; Olímpia Amoedo, Estefânia Louro, Leonardo, Zeferino e Portugal não têm razão de queixa; Maria Mozza, Madalena Vallet, Marieta Aliverti, Pinto, Lopes e Louro encarregaram-se de papéis inferiores ao seu merecimento artístico; a esses tenho que agradecer a obsequiosa boa vontade com que se houveram.

Peço aos leitores que me desculpem ocupar-lhes a atenção com a história da minha peça; mas, como não falta por aí quem diga que *A capital federal* é cousa velha, quero desde já desfazer o carapetão e pôr os pontos nos is.

(In: folhetim *O Theatro*, de *A Notícia*, de 4 de fevereiro de 1897.)

A Capital Federal

Comédia-opereta de costumes brasileiros,
em 3 atos e 12 quadros.

A Eduardo Garrido
mestre e amigo
O. D. C.
Arthur Azevedo

Personagens e seus criadores

LOLA .... Pepa Ruiz
D. FORTUNATA .... Clélia Araújo
BENVINDA .... Olímpia Amoedo
QUINOTA .... Estefânia Louro
JUQUINHA .... Adelaide Lacerda
MERCEDES .... Maria Mazza
DOLORES .... Marieta Aliverti
BLANCHETE .... Madalena Vallet
Um LITERATO .... Maria Granada
Uma SENHORA .... Maria Granada
Uma HÓSPEDE do Grande Hotel da Capital Federal .... Olívia
EUSÉBIO .... Brandão
FIGUEIREDO .... Colás
GOUVEIA .... H. Machado
LOURENÇO .... Leonardo
DUQUINHA .... Zeferino
RODRIGUES .... Portugal
PINHEIRO .... Portugal
UM PROPRIETÁRIO .... Pinto
UM FREQÜENTADOR do Belódromo .... Pinto
Outro LITERATO .... Lopes
O GERENTE do Grande Hotel da Capital Federal .... Lopes
S'IL-VOUS-PLAÎT, amador de bicicleta .... Louro
MOTA .... Azevedo
LEMOS .... Azevedo
UM CONVIDADO .... Oliveira
GUEDES .... Oliveira

UM INGLÊS .... Peppo
UM FAZENDEIRO .... Montani
O "CHASSEUR" .... N. N.

Hóspedes e criados do Grande Hotel da Capital Federal, vítimas de uma agência de alugar casas, amadores de bicicleta, convidados, pessoas do povo, soldados, etc.

Ação: no Rio de Janeiro, no fim do século passado.

Quadro I

(Suntuoso vestíbulo do Grande Hotel da Capital Federal. Escadaria ao fundo. Ao levantar o pano, a cena está cheia de hóspedes de ambos os sexos, com malas nas mãos, e criados e criadas que vão e vêm. O gerente do hotel anda daqui para ali na sua faina.)

CENA I

O Gerente, um Inglês, uma Senhora, um Fazendeiro e um Hóspede.

Coro e coplas

Os HÓSPEDES De esperar estamos fartos
Nós queremos descansar!
Sem demora aos nossos quartos
Faz favor de nos mandar!

Os CRIADOS De esperar estamos fartos!
Precisamos descansar!
Um hotel com tantos quartos
O topete faz suar!

Um HÓSPEDE — Um banho quero!

Um INGLÊS — Aoh! *Mim* quer *comê*!

Uma SENHORA — Um quarto espero!

Um FAZENDEIRO — Eu estou com fome!

O GERENTE Um poucochinho de paciência!
Servidos todos vão ser, enfim!
Eu quando falo, fala a gerência!
Fiem-se em mim!

Coro

Pois paciência,
Uma vez que assim quer a gerência!

Coplas

I

GERENTE Este hotel está na berra!
Coisa é muito natural!
Jamais houve nesta terra
Um hotel assim mais tal!
Toda a gente, meus senhores,
Toda a gente ao vê-lo diz:
Que os não há superiores
Na cidade de Paris!
Que belo hotel excepcional!
O Grande Hotel da Capital
Federal!

Coro

Que belo hotel excepcional, etc...

II

O GERENTE Nesta casa não é raro
Protestar algum freguês:

Acha bom, mas acha caro
Quando chega o fim do mês.
Por ser bom precisamente,
Se o freguês é do bom-tom
Vai dizendo a toda a gente
Que isto é caro mas é bom.
Que belo hotel excepcional!
O Grande Hotel da Capital
Federal!

Coro

Que belo hotel excepcional, etc...

O GERENTE (*Aos criados.*) — Vamos! Vamos! Aviem-se! Tomem as malas e encaminhem estes senhores! Mexam-se! Mexam-se!... (*Vozeria. Os hóspedes pedem quarto, banhos, etc... Os criados respondem. Tomam as malas, saem todos, uns pela escadaria, outros pela direita.*)

CENA II

O Gerente, depois Figueiredo

O GERENTE (*Só.*) — Não há mãos a medir! Pudera! Se nunca houve no Rio de Janeiro um Hotel assim! Serviço elétrico de primeira ordem! Cozinha esplêndida, música de câmara durante as refeições da mesa redonda! Um relógio pneumático em cada aposento! Banhos frios e quentes, duchas, sala de natação, ginástica e massagem! Grande salão com um *plafond* pintado pelos nossos primeiros artistas! Enfim, uma verdadeira novidade! — Antes de nos estabelecermos aqui, era uma vergonha! Havia hotéis em São Paulo superiores aos melhores do Rio de Janeiro! Mas em boa hora foi organizada a Companhia do Grande Hotel da Capital Federal, que dotou esta cidade com um melhoramento tão reclamado! E o caso é que a empresa está dando ótimos dividendos e as ações andam por empenhos! *(Figueiredo aparece no topo da escada e começa a descer.)* Ali vem o Figueiredo. Aquele é o verdadeiro tipo do carioca: nunca está satisfeito. Aposto que vem fazer alguma reclamação.

CENA III

O Gerente, Figueiredo

FIGUEIREDO — Ó seu Lopes, olhe que, se isto continuar assim, eu mudo-me!

O GERENTE (*À parte.*) — Que dizia eu?

FIGUEIREDO — Esta vida de hotel é intolerável! Eu tinha recomendado ao criado que me levasse o café ao quarto às sete horas, e hoje...

O GERENTE — O meliante lhe apareceu um pouco mais tarde.

FIGUEIREDO — Pelo contrário. Faltavam dez minutos para as sete... Você compreende que isto não tem lugar.

O GERENTE — Pois sim, mas...

FIGUEIREDO — Perdão; eu pedi o café para as sete e não para as seis e cinqüenta!

O GERENTE — Hei de providenciar.

FIGUEIREDO — E que idéia foi aquela ontem de darem lagostas ao almoço?

O GERENTE — Homem, creio que lagosta...

FIGUEIREDO — É um bom petisco, não há dúvida, mas faz-me mal!

O GERENTE — Pois não coma!

FIGUEIREDO — Mas eu não posso ver lagostas sem comer!

O GERENTE — Não é justo por sua causa privar os demais hóspedes.

FIGUEIREDO — Felizmente até agora não sinto nada no estômago... É um milagre! E sexta-feira passada? Apresentaram-me ao jantar maionese. — Maionese! Quase atiro com o prato à cara do criado!

O GERENTE — Mas comeu!

FIGUEIREDO — Comi, que remédio! Eu posso lá ver maionese sem comer? Mas foi uma coisa extraordinária não ter tido uma indigestão!...

CENA IV

Os mesmos, Lola

LOLA (*Entrando arrebatadamente da esquerda.*) — Bom dia! (*Ao gerente.*) — Sabe me dizer se o Gouveia está?

O GERENTE — O Gouveia?

LOLA — Sim, o Gouveia — um cavalheiro que está aqui morando desde a semana passada.

O GERENTE (*Indiscretamente.*) — Ah! o jogador... (*Tapando a boca.*) Oh!... Desculpe!...

LOLA — O jogador, sim, pode dizer! Porventura o jogo é hoje um vício inconfessável?

O GERENTE — Creio que esse cavalheiro está no seu quarto; pelo menos ainda não o vi descer.

LOLA — Sim, o Gouveia é jogador, e essa é a única razão que me faz gostar dele.

O GERENTE — Ah! A senhora gosta dele?

LOLA — Se gosto dele? Gosto, sim, senhor! Gosto, e hei de gostar, pelo menos enquanto der a primeira dúzia!

O GERENTE (*Sem entender.*) — Enquanto der...

LOLA — Ele só aponta nas dúzias — ora na primeira, ora na segunda, ora na terceira, conforme o palpite. Há perto de um mês que está apontando na primeira.

FIGUEIREDO (*À parte.*) — É um jogador das dúzias!

LOLA — Enquanto der a primeira, amá-lo-ei até o delírio!

FIGUEIREDO — A senhora é franca!

LOLA — *Fin de siècle,* meu caro senhor, *fin de siècle.*

Valsa

Eu tenho uma grande virtude:
Sou franca, não posso mentir!
Comigo somente se ilude
Quem mesmo se queira iludir!
Porque quando apanho um sujeito
Ingênuo, simplório, babão,

Necessariamente aproveito,
Fingindo por ele paixão!

Engolindo a pílula,
Logo esse imbecil
Põe-se a fazer dívidas
E loucuras mil!
Quando enfim, o mísero
Já nada mais é,
Eu sem dó aplico-lhe
Rijo pontapé!

Eu tenho uma linha traçada,
E juro que não me dou mal...
Desfruto uma vida folgada
E evito morrer no hospital.

Descuidosa,
Venturosa,
Com folias
Sem amar,
Passo os dias
A folgar!

Só conheço as alegrias,
Sem tristezas procurar!
Eu tenho uma grande virtude, etc...

Mas vamos, faça o favor de indicar o quarto do Gouveia.

O GERENTE — Perdão, mas a senhora não pode ir lá.

LOLA — Por quê?

O GERENTE — Aqui não há disso...

FIGUEIREDO (*À parte.*) — Toma!

O GERENTE — Os nossos hóspedes solteiros não podem receber nos seus aposentos senhoras que não estejam acompanhadas.

LOLA — *Caracoles*! Sou capaz de chamar o Lourenço para acompanhar-me.

O GERENTE — Quem é o Lourenço?

LOLA — O meu cocheiro. Ah! Mas que lembrança a minha! Ele não pode abandonar a caleça!

O GERENTE — O que a senhora deve fazer é esperar no salão. Um belo salão, vai ver, com um *plafond* pintado pelos nossos primeiros artistas!

LOLA — Onde é?

O GERENTE (*Apontando para a direita.*) — Ali.

LOLA — Pois esperá-lo-ei. Oh! Estes prejuízos! Isto só se vê no Rio de Janeiro!... (*Vai a sair e lança um olhar brejeiro a Figueiredo.*)

FIGUEIREDO — Deixe-se disso, menina! Eu não jogo na primeira dúzia! (*Lola sai pela direita.*)

CENA V

O Gerente, depois o Chasseur

O GERENTE — Oh! sr. Figueiredo! Não se trata assim uma mulher bonita!...

FIGUEIREDO — Não ligo importância a esse povo.

O GERENTE — Sim, eu sei... é como a lagosta... Faz-lhe mal, talvez, mas atira-se-lhe que...

FIGUEIREDO — Está enganado. Essas estrangeiras não têm o menor encanto para mim.

O GERENTE — Não conheço ninguém mais pessimista que o senhor.

FIGUEIREDO — Fale-me de uma trigueira... bem trigueira, bem carregada...

O GERENTE — Uma mulata?

FIGUEIREDO — Uma mulata, sim! Eu digo trigueira por ser menos rebarbativo. Isso é que é nosso, é o que vai com o nosso temperamento e o nosso sangue! E quanto mais dengosa for a mulata, melhor! *Ioiô*, eu posso? entrar de caixeiro, sair como sócio?... Você já esteve na Bahia, seu Lopes?

O GERENTE — Ainda não. Mas com licença: vou mandar chamar o tal Gouveia. (*Chamando.*) — *Chasseur.* (*Entra da direita um menino fardado.*) Vá ao quarto nº 135 e diga ao hóspede que está uma senhora no salão à sua espera. (*O menino sai a correr pela escada.*)

FIGUEIREDO — *Chasseur!* Pois não havia uma palavra em português para...

O GERENTE — Não havia, não senhor. *Chasseur* não tem tradução.

FIGUEIREDO — Ora essa! *Chasseur* é...

O GERENTE — É caçador, mas *chasseur* de hotel não tem equivalente. O Grande Hotel da Capital Federal é o primeiro no Brasil que se dá ao luxo de ter um *chasseur!* — Mas como ia dizendo... a Bahia?...

FIGUEIREDO — Foi lá que tomei predileção pelo gênero. Ah, meu amigo! É preciso conhecê-las! Aquilo é que são mulatas! No Rio de Janeiro não as há!

O GERENTE — Perdão, mas eu tenho visto algumas que...

FIGUEIREDO — Qual! Não me conte histórias. — Nós não temos nada! Mulatas na Bahia!...

Coplas

I

As mulatas da Bahia
Têm de certo a primazia
No capítulo mulher;
O sultão lá na Turquia
Se as apanha um belo dia,
De outro gênero não quer!
Ai! Gentes! Que bela,
Que linda não é
A fada amarela
De trunfa enroscada,
De manta traçada,
Mimosa chinela
Levando calçada
Na ponta do pé!...

II

As formosas georgianas,
As gentis circassianas
São as flores dos haréns;

Mas, seu Lopes, tais sultanas,
Comparadas às baianas,
Não merecem dois vinténs!
Ai! Gentes! Que bela, etc....

Seu Lopes, você já viu a *Mimi Bilontra?*

O GERENTE — Isso vi, mas a *Mimi Bilontra* não é mulata.

FIGUEIREDO — Não, não é isso. Na *Mimi Bilontra* há um tipo que gosta de lançar mulheres. Você sabe o que é lançar mulheres?

LOPES — Sei, sei.

FIGUEIREDO — Pois eu também gosto de lançá-las! Mas só mulatas! Tenho lançado umas poucas!

LOPES — Deveras?

FIGUEIREDO — Todas as mulatas bonitas que têm aparecido por aí arrastando sedas foram lançadas por mim. É a minha especialidade.

O GERENTE — Dou-lhe os meus parabéns.

FIGUEIREDO — Que quer? Sou solteiro, aposentado, independente: não tenho que dar satisfações a ninguém. (*Outro tom.*) Bom, vou dar uma volta antes do jantar. Não se esqueça de providenciar para que o criado não continue a levar-me café às seis e cinqüenta!

O GERENTE — Vá descansado. A reclamação é muito justa.

FIGUEIREDO — Até logo. (*Sai.*)

O GERENTE (*Só.*) — Gabo-lhe o gosto de lançar mulatas! Imaginem se um tipo assim tem capacidade para apreciar o Grande Hotel da Capital Federal!

CENA VI

O Gerente, Lola, depois Gouveia, depois o Gerente

LOLA (*Entrando.*) — Então? Estou esperando há uma hora!...

O GERENTE — Admirou o nosso *plafond?*

LOLA — Não admirei nada! O que eu quero é falar ao Gouveia!

O GERENTE — Já o mandei chamar. (*Vendo o Gouveia que desce a escada.*) E ele aí vem descendo a escada. (*À parte.*) — Pois a esta não se me dava de lançá-la. (*Sai.*)

GOUVEIA (*Que tem descido.*) — Que vieste fazer? Não te disse que não me procurasses aqui? Este hotel...

LOLA — Bem sei, não admite senhoras que não estejam acompanhadas; mas tu não me apareceste ontem nem anteontem, e quando tu não apareces, dir-se-ia que eu enlouqueço! Como te amo, Gouveia! (*Abraça-o.*)

GOUVEIA — Pois sim, mas não dês escândalo! Olha o *chasseur.* (*O* chasseur *tem efetivamente descido a escada, desaparecendo por qualquer um dos lados.*)

LOLA — Então? A primeira dúzia?

GOUVEIA — Tem continuado a dar que faz gosto! 5... 11... 9... 5... Ontem saiu o 5 três vezes seguidas!

LOLA — Continua então em maré de felicidade?

GOUVEIA — Uma felicidade brutal!... Tanto assim, que tinha já preparado este *envelope* para ti...

LOLA — Oh! Dá cá! Dá cá!...

GOUVEIA — Pois sim, mas com uma condição: vai para casa, não estejas aqui.

LOLA (*Tomando o envelope.*) — Oh! Gouveia, como eu te amo! Vais hoje jantar comigo, sim?

GOUVEIA — Vou, contanto que saia cedo. É preciso aproveitar a sorte! Tenho certeza de que a primeira dúzia continuará hoje a dar!

LOLA (*Com entusiasmo.*) — Oh! Meu amor!... (*Quer abraçá-lo.*)

GOUVEIA — Não! Não!... Olha o gerente!...

LOLA — Adeus! (*Sai muito satisfeita.*)

O GERENTE (*Que tem entrado, à parte.*) — Vai contente! Aquilo é que deu a tal primeira dúzia! (*Inclinando-se diante de Gouveia.*) — Doutor...

GOUVEIA — Quando aqui vier esta senhora, o melhor é dizer-lhe que não estou. É uma boa rapariga, mas muito inconveniente.

O GERENTE — Vou transmitir essa ordem ao porteiro, porque eu posso não estar na ocasião. (*Sai.*)

CENA VII

GOUVEIA (*Só.*) — É adorável esta espanhola, isso é... não choro uma boa dúzia de contos de réis gastos com ela, e que, aliás, não me custaram a ganhar... mas tem um defeito: é muito *colante*... Estas ligações são o diabo... Mas como acabar com isto? Ah! Se a Quinota soubesse! Pobre Quinota! Deve estar queixosa de mim... Oh! Os tempos mudaram... Quando estive em Minas era um simples caixeiro de cobranças... É verdade que hoje nada sou, porque um jogador não é coisa nenhuma... mas ganho dinheiro, sou feliz, muito feliz! A Quinota, no final das contas, é uma roceira... mas tão bonita! E daí, quem sabe? — talvez já se tivesse esquecido de mim.

CENA VIII

Gouveia, Pinheiro, depois o Gerente

PINHEIRO (*Entrando.*) — Oh! Gouveia!

GOUVEIA — Oh! Pinheiro! Que andas fazendo?

PINHEIRO — Venho a mandado do patrão falar com um sujeito que mora neste hotel!... Mas que luxo! Como estás abrilhantado! Vejo que as coisas têm te corrido às mil maravilhas!

GOUVEIA (*Muito seco.*) — Sim... deixei de ser caixeiro... Embirrava com isso de ir a qualquer parte a mandado de patrão... Atirei-me a umas tantas especulações... Tenho arranjado por aí uns cobres...

PINHEIRO — Vê-se... Estás outro, completamente outro!

GOUVEIA — Devo lembrar-te que nunca me viste sujo.

PINHEIRO — Sujo não digo... mas vamos lá, já te conheci pau de laranjeira! Por sinal que...

GOUVEIA — Por sinal que uma vez me emprestaste dez mil-réis. Fazes bem em lembrar-me essa dívida.

PINHEIRO — Eu não te lembrei coisa nenhuma!

GOUVEIA — Aqui tens vinte mil-réis. Dou-te dez de juros.

PINHEIRO — Vejo que tens a esmola fácil, mas — que diabo! — guarda o teu dinheiro e não o dês a quem a ti não pede. Fico apenas com os dez mil-réis que te emprestei com muita vontade — e sem juros. Quando precisares deles, vem buscá-los. Cá ficam.

GOUVEIA — Oh! Não hei de precisar, graças a Deus!

PINHEIRO — Homem, quem sabe? O mundo dá tantas voltas!

GOUVEIA — Adeus, Pinheiro. (*Sai pela esquerda.*)

PINHEIRO — Adeus, Gouveia. (*Só.*) Umas tantas especulações... Bem sei quais são elas... Pois olha, meu figurão, não te desejo nenhum mal, mas conto que ainda hás de vir buscar estes dez mil-réis, que ficam de prontidão.

O GERENTE (*Entrando.*) — Deseja alguma coisa?

PINHEIRO — Sim, senhor, falar a um hóspede... Eu sei onde é, não se incomode. (*Sobe a escada e desaparece.*)

O GERENTE (*Só.*) — E lá vai sem dar mais cavaco! Esta gente há de custar-lhe habituar-se a um hotel de primeira ordem como é o Grande Hotel da Capital Federal!

CENA IX

O Gerente, Eusébio, Fortunata, Quinota, Benvinda, Juquinha, dois Carregadores da estrada de ferro com malas, depois o Chasseur, *Criados e Criadas*
(A família traz maletas, trouxas, embrulhos, etc.)

O GERENTE — Olá! Temos hóspedes! (*Chamando.*) *Chasseur*! Vá chamar gente! (*O* chasseur *aparece e desaparece, e pouco depois volta com alguns criados e criadas.*)

EUSÉBIO (*Entrando à frente da família, fechando uma enorme carteira.*) — Ave Maria! Trinta mil-réis *pra* nos *trazê* da estação da estrada de ferro até aqui. Esta gente pensa que dinheiro se cava! (*Aperta a mão ao gerente. O resto da família imita-o, apertando também a mão ao* chasseur *e à criadagem.*) — Deus Nosso *Sinhô esteje* nesta casa!... (*Vai pagar aos carregadores, que saem.*)

FORTUNATA — É um casão!

QUINOTA — Um palácio!

JUQUINHA — Eu *tou* com fome! Quero *jantá*!

BENVINDA — Espera, *nhô* Juquinha!

FORTUNATA — Menino, não começa a *reiná*!

O GERENTE — Desejam quartos?

EUSÉBIO — Sim, *sinhô*!... Mas antes disso deixe lhe *dizê* quem sou.

O GERENTE — Não é preciso. O seu nome será escrito no registro dos hóspedes.

EUSÉBIO — Pois sim, *sinhô*, mas ouça...

Coplas-lundu

I

EUSÉBIO *Sinhô*, eu sou fazendeiro
Em São João do Sabará,
E venho ao Rio de Janeiro
De coisas *grave tratá*.

Ora aqui está!

Tarvez leve um ano inteiro
Na *capitá federá*!

Coro

Ora aqui está! etc...

II

EUSÉBIO Apareceu um janota
Em São João do Sabará;
Pediu a mão de Quinota
E *vei' se* embora *pra* cá.

Ora aqui está!

Hei de *achá* esse janota
Na *capitá federá*!

Coro

Ora aqui está, etc...

Esta é minha *muié*, dona Fortunata.

FORTUNATA — Uma sua serva. (*Faz uma mesura.*)

O GERENTE — Folgo de conhecê-la, minha senhora. E esta moça? É sua filha?...

EUSÉBIO — Nossa.

FORTUNATA — Nome dela é Quinota... Joaquina... mas a gente *chama ela* de Quinota.

QUINOTA — Cala a boca, mamãe. O senhor não perguntou nada.

EUSÉBIO — É muito *estruída.* Teve três *professô*... Este é meu filho... (*Procurando Juquinha.*) Onde está ele? Juquinha! (*Vai buscar pela mão o filho, que traquinava ao fundo.*) *Tá* aqui ele. Tem cabeça — *qué vê*? — Diz um verso, Juquinha!

JUQUINHA — Ora, papai!

FORTUNATA — Diz um verso, menino! Não ouve, teu pai *tá* mandando?

JUQUINHA — Ora, mamãe!

QUINOTA — Diz o verso, Juquinha! Você parece tolo!...

JUQUINHA — Não digo!

BENVINDA — *Nhô* Juquinha, diga aquele de lá vem a lua saindo!

JUQUINHA — Eu não sei verso!

FORTUNATA — Diz o verso, diabo! (*Dá-lhe um beliscão. Juquinha faz grande berreiro.*)

EUSÉBIO (*Tomando o filho e acariciando-o.*) — *Tá* bom! Não chora! Não chora! (*Ao gerente.*) — *Tá* muito cheio de vontade... Ah! mas eu hei de *endireitá ele*!

O GERENTE — Não será melhor subirem para os seus quartos?

EUSÉBIO — Sim, *sinhô*. (*Examinando em volta de si.*) O *hotézinho* parece bem *bão*.

O GERENTE — O hotelzinho? Um hotel que seria de primeira ordem em qualquer parte do mundo! O Grande Hotel da Capital Federal!

FORTUNATA — E diz que é só de família.

O GERENTE — Ah! Por esse lado podem ficar tranqüilos.

CENA X

Os mesmos, Figueiredo

(Figueiredo volta; examina os circunstantes e mostra-se impressionado por Benvinda, que repara nele.)

O GERENTE (*Aos criados.*) — Acompanhem estas senhoras e estes senhores... para escolherem os seus quartos à vontade. (*Vai saindo e passa por perto de Figueiredo.*)

FIGUEIREDO (*Baixinho.*) — Que boa mulata, seu Lopes! (*O gerente sai.*)

Os CRIADOS e CRIADAS (*Tomando as malas e embrulhos.*) — Façam favor!... Venham!... Subam!...

EUSÉBIO (*Perto da escada.*) — Suba, dona Fortunata! Sobe, Quinota! Sobe, Juquinha! (*Todos sobem.*) — *Vamo*!

(*Sobe também.*) — Sobe, Benvinda! (*Quando Benvinda vai subindo, Figueiredo dá-lhe um pequeno beliscão no braço.*)

FIGUEIREDO — Adeus, gostosura!

BENVINDA — Ah! Seu assanhado! (*Sobe.*)

O GERENTE (*Que entrou e viu.*) — Então, que é isso, sr. Figueiredo? Olhe que está no Grande Hotel da Capital Federal!

FIGUEIREDO — Ah! Seu Lopes, aquela hei de eu lançá-la! *(Sobe a escada.)*

O GERENTE (*Só.*) — Queira Deus não vá arranjar uma carga de pau do fazendeiro! (*Sai, mutação.*)

Quadro II

(*Corredor. Na parede uma mão pintada, apontando para este letreiro: "Agência de alugar casas. Preço de cada indicação, 5$000, pagos adiantados". Ao fundo um banco, encostado à parede.*)

CENA I

Vítimas, entrando furiosas da esquerda,
depois Mota, Figueiredo

Coro

Que ladroeira!
Que maroteira!
Que bandalheira!
Pasmado estou!
Viu toda a gente
Que o tal agente
Cinicamente
Nos enganou!

MOTA (*Entrando da esquerda também muito zangado.*) — Cinco mil-réis deitados fora!... Cinco mil-réis roubados!... Mas deixem estar que... (*Vai saindo e encontra-se com Figueiredo, que entra da direita.*)

FIGUEIREDO — Que é isto, seu Mota? Vai furioso!

MOTA — Se lhe parece que não tenho razão! Esta agência indica onde há casas vazias por cinco mil-réis.

FIGUEIREDO — Casas por cinco mil-réis? Barata feira!

MOTA — Perdão; indica por cinco mil-réis...

FIGUEIREDO (*Sorrindo.*) — Bem sei, e é isso justamente o que aqui me traz. Resolvi deixar o Grande Hotel da Capital Federal e montar casa. Esgotei todos os meios para obter com que naquele suntuoso estabelecimento me levassem o café ao quarto às sete horas em ponto. Como não estou para me zangar todas as manhãs, mudo-me. O diabo é que não acho casa que me sirva. Dizem-me que nesta agência...

MOTA — Volte, seu Figueiredo, volte, se não quer que lhe aconteça o mesmo que me sucedeu e tem sucedido a muita gente! Indicaram-me uma casa no morro do Pinto, com todas as acomodações que eu desejava... Você sabe o que é subir ao morro do Pinto?

FIGUEIREDO — Sei, já lá subi uma noite por causa de uma trigueira.

MOTA — Pois eu subi ao morro do Pinto e encontrei a casa ocupada.

FIGUEIREDO — Foi justamente o que me aconteceu com a trigueira.

MOTA — Volto aqui, faço ver que a indicação de nada me serviu e peço que me restituam os meus ricos cinco mil-réis. Respondem-me que a agência nada me restitui, porque não tem culpa de que a casa se tivesse alugado.

FIGUEIREDO — E não lhe deram outra indicação?

MOTA — Deram. Cá está. *(Tira um papel.)*

FIGUEIREDO (*À parte.*) — Vou aproveitá-la!

MOTA — Mas provavelmente vale tanto quanto a outra!

FIGUEIREDO (*Depois de ler.*) — Oh!

MOTA — Que é?

FIGUEIREDO — Esta agora não é má! Rua dos Arcos nº 100. Indicaram a casa da Minervina!

MOTA — Que Minervina?

FIGUEIREDO — Uma trigueira.

MOTA — A do morro do Pinto?

FIGUEIREDO — Não. Outra. Outra que eu lancei há quatro anos. Mudou-se para a Rua dos Arcos não há oito dias.

MOTA — Então? Quando lhe digo!

FIGUEIREDO — Oh! As trigueiras têm sido o meu tormento!

MOTA — As trigueiras são...

FIGUEIREDO — As mulatas. Eu digo trigueiras por ser menos rebarbativo... Ainda agora está lá no hotel uma família de Minas que trouxe consigo uma mucama... Ah, seu Mota...

MOTA — Pois atire-se!

FIGUEIREDO — Não tenho feito outra coisa, mas não

me tem sido possível encontrá-la a jeito. Só hoje consegui meter-lhe uma cartinha na mão, pedindo-lhe que vá ter comigo ao Largo da Carioca. Quero lançá-la!

MOTA — Mas vamos embora! Estamos numa caverna!

FIGUEIREDO — E é tudo assim no Rio de Janeiro... Não temos nada, nada, nada... Vamos...

CENA II

Os mesmos, uma Senhora, depois um Proprietário

A SENHORA (*Vindo da esquerda.*) — Um desaforo! Uma pouca vergonha!

MOTA — Foi também vítima, minha senhora?

A SENHORA — Roubaram-me cinco mil-réis!

FIGUEIREDO — Também — justiça se lhes faça — eles nunca roubam mais do que isso!

A SENHORA — Indicaram-me uma casa... Vou lá, e encontro um tipo que me pergunta se quero um quarto mobiliado! Vou queixar-me...

MOTA — Ao bispo, minha senhora! Queixemo-nos todos ao bispo!... (*O Proprietário entra e vai atravessando a cena da direita para a esquerda, cumprimentando as pessoas presentes.*)

FIGUEIREDO (*Embargando-lhe a passagem.*) — Não vá lá, não vá lá, meu caro senhor! Olhe que lhe roubam cinco mil-réis.

O PROPRIETÁRIO — Nada! Eu não pretendo casa. O que eu quero é alugar a minha.

Os TRÊS — Ah! (*Cercam-no.*)

A SENHORA — Talvez não seja preciso ir à agência. Eu procuro uma casa.

MOTA — E eu.

FIGUEIREDO — E eu também.

A SENHORA — A sua onde é?

O PROPRIETÁRIO — Se querem a indicação, venham cinco mil-réis de cada um!

Os TRÊS — Hein?

O PROPRIETÁRIO — Ora essa! Por que é que a agência há de cobrar e eu não?

MOTA — A agência paga impostos e é, apesar dos pesares, um estabelecimento legalmente autorizado.

O PROPRIETÁRIO — Bem, como eu não sou um estabelecimento legalmente autorizado, dou a indicação por três mil-réis.

MOTA — Guarde-a!

FIGUEIREDO — Dispenso-a!

A SENHORA — Aqui tem os três mil-réis. A necessidade é tão grande que me submeto a todas as patifarias!

O PROPRIETÁRIO (*Calmo.*) — Patifaria é forte, mas como a senhora paga... (*Guarda o dinheiro.*)

A SENHORA — Vamos!

O PROPRIETÁRIO — A minha casa é na Praia Formosa.

MOTA e FIGUEIREDO — Que horror!

O PROPRIETÁRIO — Um sobrado com três janelas de peitoril. Os baixos estão ocupados por um açougue.

MOTA e FIGUEIREDO — Xi!

A SENHORA — Deve haver muito mosquito!

O PROPRIETÁRIO — Mosquitos há em toda a parte. Sala, três quartos, sala de jantar, despensa, cozinha, latrina na cozinha, água, gás, quintal... tanque de lavar e galinheiro.

A SENHORA — Não tem banheiro?

O PROPRIETÁRIO — Terá, se o inquilino o fizer. A casa foi pintada e forrada há dez anos; está muito suja. Aluguel, duzentos e cinqüenta mil-réis por mês. Carta de fiança passada por negociante matriculado, trezentos mil-réis de posse e contrato por três anos. O imposto predial e de pena d'água é pago pelo inquilino.

A SENHORA — Com os três mil-réis que me surripiou compre uma corda e enforque-se! (*Sai.*)

FIGUEIREDO (*Enquanto ela passa.*) — Muito bem respondido, minha senhora!

MOTA — Com efeito!

O PROPRIETÁRIO — Mas os senhores...

FIGUEIREDO (*Tirando um apito do bolso.*) — Se diz mais uma palavra, apito para chamar a polícia!

O PROPRIETÁRIO — Ora vá se catar! (*Vai saindo.*)

FIGUEIREDO — Que é? Que é... (*Segue-o.*)

O PROPRIETÁRIO — Largue-me!

FIGUEIREDO — Este tipo merecia uma lição! (*Empurrando-o.*) Vamos embora! Deixá-lo!

MOTA — Vamos!

O PROPRIETÁRIO (*Voltando e avançando para eles.*) — Mas eu...

Os DOIS — Hein? (*Atiram-se ao Proprietário, que foge, desaparecendo pela esquerda. Mota e Figueiredo encolhem os ombros e saem pela direita, encontrando-se à porta com Eusébio, que entra. O Proprietário volta e, enganado, dá com o guarda-chuva em Eusébio, e foge. Eusébio tira o casaco para persegui-lo.*)

CENA III

Eusébio, só; depois Fortunata, Quinota, Juca, Benvinda

EUSÉBIO — Tratante! Se eu te agarro, tu havia de *vê* o que é *purso* de mineiro! Que terra esta, minha Nossa Senhora, que terra esta em que um *home* apanha sem *sabê* por quê? Mas onde ficou esta gente? Aquela dona Fortunata não presta *pra subi* escada! (*Indo à porta da direita.*) Entra! É aqui! (*Entra a família.*)

FORTUNATA (*Entrando apoiada no braço de Quinota.*) — Deixe-me *arrespirá* um bocadinho! *Virge* Maria quanta escada!

EUSÉBIO — E ainda é no outro *andá*! Olhe! (*Aponta para o letreiro.*)

JUCA (*Vendo Eusébio a vestir o casaco.*) — Mamãe, papai se despiu!

As TRÊS — É verdade!

EUSÉBIO — Tirei o casaco *pra brigá*! Não foi nada.

FORTUNATA — Não posso mais *co*'esta história de casa!

QUINOTA — É um inferno!

BENVINDA — Uma desgraça!

EUSÉBIO — Paciência. Nós não *podemo ficá* naquele *hoté*... Aquilo é luxo demais e custa os *óio* da cara! Como *temo* que *ficá argum* tempo na *capitá federá*, o *mió* é *precurá* uma casa. A gente compra uns *traste* e alguma louça... Benvinda vai *pra* cozinha...

BENVINDA (À parte.) — Pois sim!

EUSÉBIO — E Quinota trata dos *arranjo* da casa.

QUINOTA — Mas a coisa é que não se arranja casa.

EUSÉBIO — Desta vez tenho esperança de *arranjá*. Diz que essa agência é *munto* séria. *Vamo*!

FORTUNATA — Eu não subo mais escada! Espero aqui no *corredô*.

EUSÉBIO — Tudo fica! Eu vou e *vorto*. (*Vai saindo.*)

JUCA (*Chorando e batendo o pé.*) — Eu quero *i* com papai! Eu quero *i* com papai!...

FORTUNATA — Pois vai, diabo!...

EUSÉBIO — Vem! vem! Não chora! Dá cá a mão! (*Sai com o filho pela esquerda.*)

CENA IV

Fortunata, Quinota e Benvinda

QUINOTA — Mamãe, por que não se senta naquele banco?

FORTUNATA — Ah! é verdade! Não tinha *arreparado*. Estou moída. (*Senta-se e fecha os olhos.*)

BENVINDA — *Sinhá* vai *dromi*.

QUINOTA — Deixa.

BENVINDA (*Em tom confidencial.*) — Ó *nhãnhã*?

QUINOTA — Que é?

BENVINDA — *Nhãnhã arreparou* naquele *home* que ia *descendo pra baixo* quando a gente vinha *subindo pra cima*?

QUINOTA — Não. Que homem?

BENVINDA — Aquele que mora lá no *hoté* em que a gente mora...

QUINOTA — Olha mamãe! (*D. Fortunata ressona.*)

BENVINDA — Já está *dromindo. Nhãnhã arreparou*?

QUINOTA — Reparei, sim.

BENVINDA — Sabe o que ele fez hoje de *menhã*? Me meteu esta carta na mão!

QUINOTA — Uma carta? E tu ficaste com ela? Ah! Benvinda! (*Pausa.*) É para mim?

BENVINDA — *Pra* quem *havera* de *sê*?

QUINOTA — Não está sobrescritada.

BENVINDA (*À parte, enquanto Quinota se certifica de que Fortunata dorme.*) — Bem sei que a carta é minha... O que eu quero é que ela leia *pra* eu *ouvi*.

QUINOTA — Dá cá. (*Toma a carta e vai abri-la, mas arrepende-se.*) Que asneira ia eu fazendo!

Duetino

QUINOTA Eu gosto do seu Gouveia;
Com ele quero casar;
O meu coração anseia
Pertinho dele pulsar;

Portanto a epístola
Não posso abrir!
Sérios escrúpulos

Devo sentir!

BENVINDA Está longe seu Gouveia;
Aqui agora não vem...
Abra a carta, a carta leia...
Não digo nada a ninguém!

QUINOTA Não! Não! A epístola
Não posso abrir!
Sérios escrúpulos
Devo sentir!
Entretanto, é verdade
Que tenho tal ou qual curiosidade.
Mamãe — eu tremo! —
Dormindo está?

BENVINDA Sim, e ela *memo*
Respondeu já. (*Fortunata tem ressonado.*)

QUINOTA É feio,
Mas que importa? Abro e leio! (*Abre a carta.*)

Juntas

QUINOTA Eu sou curiosa!
Não sei me conter!
A carta amorosa
Depressa vou ler!

BENVINDA É bem curiosa!
Não há que *dizê*!
A carta amorosa
Depressa vai *lê*!...

AMBAS — Ué!...

QUINOTA (*Lendo a carta.*) — "Minha bela mulata. Desde que estás morando neste hotel, tenho debalde procurado falar-te. Tu não passas de uma simples mucama..." (*Dá a carta, a Benvinda.*) — A carta é para ti. (*À parte.*) — Fui bem castigada.

BENVINDA — Leia *pra* eu ouvi, *nhãnhã*.

QUINOTA (*Lendo.*) — "Se queres ter uma posição independente e uma casa tua..."

BENVINDA — Gentes!

QUINOTA — "...deixa o hotel, e vai ter comigo terça-feira, às quatro horas da tarde, no Largo da Carioca, ao pé da charutaria do Machado."

BENVINDA (*À parte.*) — Terça-feira... quatro *hora*...

QUINOTA — "Nada te faltará. Eu chamo-me Figueiredo."

BENVINDA — Rasga essa carta, *nhãnhã*! Veja só que sem-vergonha de *home*!

QUINOTA (*Rasgando a carta.*) — Se papai soubesse...

BENVINDA (*À parte.*) — Figueiredo...

CENA V

As mesmas, Eusébio, Juquinha

EUSÉBIO — Já tenho uma indicação!

FORTUNATA (*Despertando.*) — Ah! Quase pego no sono! (*Erguendo-se.*) — Já *temo* casa?

EUSÉBIO — Parece. O dono dela é o *home* com quem eu briguei indagorinha. Tinha me tomado por outro. *Vamo* à Praia *Fermosa pra vê* se a casa serve.

FORTUNATA — Ora graça!

BENVINDA (*À parte.*) — Perto da charutaria.

EUSÉBIO (*Que ouviu.*) — Não sei se é perto da charutaria, mas diz que o *logá* é *aprazive*; a casa *munto* boa... Fica *pro* cima de um açougue, o que *qué dizê* que nunca *fartará* carne! *Vamo*!

QUINOTA — É muito longe?

EUSÉBIO — É; mas a gente vai no bonde...

BENVINDA (*À parte.*) — Largo da Carioca...

EUSÉBIO (*Que ouviu.*) — Que Largo da Carioca! É os *bondinho* da Rua Direita! *Vamo*!

JUQUINHA — Eu quero *i co* Benvinda!

FORTUNATA — Vai! Vai *co* Benvinda! É *perciso munta* paciência para *aturá* este demônio deste menino! (*Saem todos.*)

BENVINDA (*Saindo por último, com Juquinha pela mão.*) — Terça-feira... quatro hora... Figueiredo...

CENA VI

O PROPRIETÁRIO (*Vindo da esquerda.*) — Queira Deus que o mineiro fique com a casa... mas não lhe dou dois meses para apanhar uma febre palustre! (*Sai pela direita. Mutação.*)

Quadro III

(*O Largo da Carioca. Muitas pessoas estão à espera de bonde. Outras passeiam.*)

CENA I

Figueiredo, Rodrigues, pessoas do povo

Coro

À espera do bonde elétrico
Estamos há meia hora!
Tão desusada demora,
Não sabemos explicar!
Talvez haja algum obstáculo,
Algum descarrilamento,
Que assim possa o impedimento
Da linha determinar!

(*Figueiredo e Rodrigues vêm ao proscênio. Rodrigues está carregado de pequenos embrulhos.*)

RODRIGUES — Que estopada, hein?

FIGUEIREDO — É tudo assim no Rio de Janeiro! Este serviço de bondes é terrivelmente malfeito! Não temos nada, nada, absolutamente nada!

RODRIGUES — Que diabo! Não sejamos tão exigentes! Esta companhia não serve mal. Não é por culpa dela esse atraso. Ali na estação me disseram. Na Rua do Passeio está uma fila de bondes parados diante de um enorme caminhão, que levava uma máquina descomunal não sei para onde, e quebrou as rodas. É ter um pouco de paciência.

FIGUEIREDO — Eu felizmente não estou à espera de bonde, mas de coisa melhor. (*Consultando o relógio.*) Estamos na hora.

RODRIGUES — Ah! Seu maganão... alguma mulher... Você nunca há de tomar juízo!

FIGUEIREDO — Uma trigueira... uma deliciosa trigueira!

RODRIGUES — Continua então a ser um grande apreciador de mulatas?

FIGUEIREDO — Continuo, mas eu digo trigueiras por ser menos rebarbativo.

RODRIGUES — Pois eu cá sou o homem da família, porque entendo que a família é a pedra angular de uma sociedade bem organizada.

FIGUEIREDO — Bonito!

RODRIGUES — Reprovo incondicionalmente esses amores escandalosos, que ofendem a moral e os bons costumes.

FIGUEIREDO — Ora, não amola! Eu sou solteiro... não tenho que dar satisfações a ninguém.

RODRIGUES — Pois eu sou casado, e todos os dias agradeço a Deus a santa esposa e os adoráveis filhinhos que me deu! Vivo exclusivamente para a família. Veja como eu vou para casa cheio de embrulhos! E é isto todos os dias! Vão aqui empadinhas, doces, queijo, chocolate andaluza, sorvetes de viagem, o diabo!... Tudo gulodices!...

FIGUEIREDO (*Que, preocupado, não lhe tem prestado grande atenção.*) — Não imagina você como estou impaciente! É curioso! Não varia aos quarenta anos esta sensação esquisita de esperar uma mulher pela primeira vez! Note-se que não tenho certeza de que ela venha, mas sinto uns formigueiros subirem-me pelas pernas! (*Vendo Benvinda.*) Oh! diabo! não me engano! Afaste-se, afaste-se, que lá vem ela!...

RODRIGUES — Seja feliz. Para mim não há nada como a família. (*Afasta-se e fica observando de longe.*)

CENA II

Os mesmos, Benvinda

BENVINDA (*Aproximando-se com uma pequena trouxa na mão.*) — Aqui estou.

FIGUEIREDO (*Disfarçando o olhar para o céu.*) — Disfarça, meu bem. (*Pausa.*) — Estás pronta a acompanhar-me?

BENVINDA (*Disfarçando e olhando também para o céu.*) — Sim, *sinhô*, mas eu quero *sabê* se é verdade o que o *sinhô* disse na sua carta...

FIGUEIREDO (*Disfarçando por ver um conhecido que passa e o cumprimenta.*) — Como passam todos lá por casa? As senhoras estão boas?

BENVINDA (*Compreendendo.*) — Boas, muito *obrigado... Sinhá* Miloca é que tem andado com enxaqueca.

FIGUEIREDO (*À parte.*) — Fala mal, mas é inteligente.

BENVINDA — O *sinhô* me dá *memo* casa *pra mim morá*?

FIGUEIREDO — Uma casa muito chique, muito bem mobiliada, e uns vestidos muito bonitos. (*Passa outro conhecido. O mesmo jogo de cena.*) — Mas por que esta demora com a minha roupa lavada?

BENVINDA — É porque choveu *munto*... não se pôde *corá*... (*Outro tom.*) — Não me *fartará* nada?

FIGUEIREDO — Nada! Não te faltará nada! Mas aqui não podemos ficar. Passa muita gente conhecida, e eu não quero que me vejam contigo enquanto não tiveres outra encadernação. Acompanha-me e toma o mesmo bonde que eu. (*Vai se afastando pela direita e Benvinda também.*) Espera um pouco, para não darmos na vista. (*Passa um conhecido.*) Adeus, hein? lembranças à baronesa.

BENVINDA — Sim, *sinhô*, farei presente. (*Figueiredo afasta-se, disfarçando, e desaparece pela direita. Durante a fala que se segue, Rodrigues a pouco e pouco se aproxima de Benvinda.*) — Ora! Isto sempre deve *sê mió* que aquela vida enjoada lá da roça! Ah! Seu *Borge*! Seu *Borge*! Você abusou porque era *feitô* lá da fazenda; fez o que fez e me prometeu casamento... Mas casará ou não? *Sinhá* e *nhãnhã ondem ficá danada*... Pois que *fique*!... Quero a minha liberdade! (*Vai afastar-se na direção que tomou Figueiredo e é abordada pelo Rodrigues, que não a tem perdido de vista um momento.*)

RODRIGUES — Adeus, mulata!

BENVINDA — Viva!

RODRIGUES (*Disfarçando.*) — Dá-me uma palavrinha?

BENVINDA — Agora não posso.

RODRIGUES — Olhe, aqui tem o meu cartão... Se precisar de um homem sério... de um homem que é todo família...

BENVINDA (*Tomando disfarçadamente o cartão.*) — Pois sim. (*Saindo, à parte.*) — O que não *farta* é *home*... Assim queira uma *muié*... (*Sai.*)

RODRIGUES (*Consigo.*) — Sim... lá de vez em quando... para variar... não quero dizer que... (*Outro tom.*) E o maldito bonde que não chega! (*Afasta-se pela direita e desaparece.*)

CENA III

Lola, Mercedes, Blanchette, Dolores,
Gouveia, pessoas do povo
(As quatro mulheres entram à esquerda,
trazendo Gouveia quase à força.)

Quinteto

As MULHERES Ande *pra* frente,
Faça favor!
Está filado,
Caro senhor!
Queira ou não queira,
Daqui não sai!
Janta conosco!

Conosco vai!

LOLA
Há tantos dias
E tu não me vias,
E agora *qu'rias*
Deixar-me só!
A tua Lola,
Meu bem, consola!
Dá-me uma esmola!
De mim tem dó!

As OUTRAS
Há tantos dias
Tu não a vias,
E agora *qu'rias*
Deixá-la só!
A tua Lola,
Meu bem consola!
Dá-lhe uma esmola!
Tem dó, tem dó!

GOUVEIA
Não me aborreçam!
Não me enfureçam!
Desapareçam!
Quero estar só!
Isto me amola!
Perco esta bola!
Querida Lola,
De mim tem dó!

LOLA
Ingrato — já não me queres!
Tu já não gostas de mim!

GOUVEIA
São terríveis as mulheres!
Gosto de ti, gosto, sim!
Mas não serve este lugar
Pra tais assuntos tratar!

LOLA Então daqui saiamos!
Vamos!

TODAS Vamos!
Há tantos dias, etc...

LOLA — Vamos a saber: por que não tens aparecido?

GOUVEIA — Tu bem sabes por quê.

LOLA — A primeira dúzia falhou?

GOUVEIA — Oh! não! Ainda não falhou, graças a Deus, e por isso mesmo é que não a tenho abandonado noite e dia! Não vês como estou pálido? Como tenho as faces desbotadas e os olhos encovados? É porque já não durmo, é porque já não me alimento, é porque não penso noutra coisa que não seja a roleta!

LOLA — Mas é preciso que descanses, que te distraias, que espaireças o espírito. Por isso mesmo exijo que venhas jantar hoje comigo, quero dizer, conosco, porque, como vês, terei à mesa estas amigas, que tu conheces: a Dolores, a Mercedes e a Blanchette.

As TRÊS — Então, Gouveia? Venha, venha jantar!...

GOUVEIA — Já deve ter começado a primeira banca!

LOLA — Deixa lá a primeira banca! Tenho um pressentimento de que hoje não dá a primeira dúzia.

As TRÊS — Então, Gouveia, então? (*Querem abraçá-lo.*)

GOUVEIA (*Esquivando-se.*) — Que é isto? Vocês estão doidas! Reparem que estamos no Largo da Carioca!

LOLA — Vem! Não te faças rogado!

As TRÊS (*Implorando.*) — Gouveia!...

GOUVEIA — Pois sim, vamos lá! Vocês são o diabo!

LOLA — Ai! e o meu leque?! Trouxeste-o, Dolores?

DOLORES — Não.

BLANCHETTE — Nem eu.

MERCEDES — Tu deixaste-o ficar sobre a mesa, no Braço de Ouro.

GOUVEIA — Que foi?

LOLA — Um magnífico leque, comprado, não há uma hora, no Palais-Royal. Querem ver que o perdi?

GOUVEIA — Se queres, vou procurá-lo ao Braço de Ouro.

LOLA — Pois sim, faze-me esse favor. (*Arrependendo-se.*) Não! se tu vais à Rua do Ouvidor, és capaz de encontrar lá algum amigo que te leve para o jogo.

MERCEDES — E esta é a hora do recrutamento.

LOLA — Vamos nós mesmas buscar o leque. Fica tu aqui muito quietinho à nossa espera. É um instante.

GOUVEIA — Pois vão e voltem.

LOLA — Vamos! (*Sai com as três amigas.*)

CENA IV

Gouveia, depois Eusébio, Fortunata, Quinota e Juquinha

GOUVEIA — Com esta não contava eu. Daí — quem sabe? — como ando em maré de felicidade, talvez seja uma providência lá não ir hoje. (*Eusébio entra descuidado acompanhado pela família, e, ao ver Gouveia, solta um grande grito.*)

EUSÉBIO — Oh! seu Gouveia! (*Chamando.*) — Dona Fortunata!... Quinota!... (*Cercam Gouveia.*)

As SENHORAS e JUQUINHA — Oh! seu Gouveia! (*Apertam-lhe a mão.*)

EUSÉBIO — Seu Gouveia! (*Abraça-o.*)

GOUVEIA (*Atrapalhado.*) — Sr. Eusébio... Minha senhora... Dona Quinota... (*À parte.*) — Maldito encontro!...

Quarteto

EUSÉBIO,
FORTUNATA,
QUINOTA e
JUQUINHA — Seu Gouveia, finalmente,
Seu Gouveia apareceu!
Seu Gouveia está presente!
Seu Gouveia não morreu!

EUSÉBIO — Andei por todas as rua,
Toda a cidade bati;
Mas de *tê* notícias *sua*
As *esperança* perdi!

QUINOTA — Mas ao meu anjo da guarda

Em sonhos dizer ouvi:
Sossega, que ele não tarda
A aparecer por aí!

TODOS Seu Gouveia, finalmente, etc...

FORTUNATA — Ora, seu Gouveia! o *sinhô* chegou lá na fazenda feito cometa, e começou a *namorá* Quinota. *Pediu ela* em casamento, veio *se embora* dizendo que vinha *tratá* dos *papé*, e nunca mais deu *siná de si*! Isto se faz, seu Gouveia?

QUINOTA — Mamãe...

EUSÉBIO — Como Quinota andava apaixonada, coitadinha!, que não comia, nem bebia, nem *dromia*, nem nada, nós *arresorvemo vi le procurá*... porque *le* escrevi três *carta* que *ficou* sem resposta...

GOUVEIA — Não recebi nenhuma.

EUSÉBIO — Então entreguei a fazenda a seu *Borge*, que é *home* em que a gente pode *confiá*, e aqui *estemo*!

FORTUNATA — O *sinhô* sabe que com moça de família não se brinca... Se seu Eusébio não *soubé sê* pai, aqui estou eu que hei de *sabê sê* mãe!

QUINOTA — Mamãe, tenha calma... seu Gouveia é um moço sério...

GOUVEIA — Obrigado, dona Quinota. Sou, realmente, um moço sério e hei de justificar plenamente o meu silêncio. Espero ser perdoado.

QUINOTA — Eu há muito tempo lhe perdoei.

GOUVEIA (*À parte.*) — Está ainda muito bonita! (*Alto.*) — Onde moram?

EUSÉBIO — No Grande *Hoté* da *Capitá Federá.*

GOUVEIA (*À parte.*) — Oh! diabo! no meu hotel!... Mas eu nunca os vi!

QUINOTA — Mas andamos à procura de casa: não podemos ficar ali.

FORTUNATA — É muito caro.

GOUVEIA — Sim, aquilo não convém.

EUSÉBIO — Mas é muito *difice achá* casa. Uma agência nos *indicô* uma, na Praia *Fermosa...*

FORTUNATA — Que chiqueiro, seu Gouveia!

EUSÉBIO — *Paguemo* cinco mil-réis *pra* nos *enchê* de *purga*!

QUINOTA — E era muito longe.

GOUVEIA — Descansem, há de se arranjar casa. (*À parte.*) — E a Lola que não tarda!

EUSÉBIO — Como diz?

GOUVEIA — Nada... Mas, ao que vejo, veio toda a família?

EUSÉBIO — Toda! — Dona Fortunata... Quinota... o Juquinha...

JUQUINHA — A Benvinda.

EUSÉBIO — Ah! É verdade! Nos aconteceu uma desgraça!

FORTUNATA — Uma grande desgraça!

GOUVEIA — Que foi? Ah! Já sei... o senhor foi vítima do conto do vigário!

EUSÉBIO — Eu?!... Então eu sou *argum* matuto?... Não *sinhô*, não foi isso.

JUQUINHA — Foi a Benvinda que fugiu!

QUINOTA — Cale a boca!

JUQUINHA — Fugiu *c'um home*!

EUSÉBIO — Cala a boca, menino!

JUQUINHA — Foi Quinota que disse!

FORTUNATA — Cala a boca, diabo!

EUSÉBIO — O *sinhô* se *alembra* da Benvinda?

FORTUNATA — Aquela mulatinha? Cria da fazenda?

GOUVEIA — Lembra-me.

EUSÉBIO — Hoje de *menhã*, a gente *se acorda-se... precura*...

FORTUNATA — *Quê dê* Benvinda?

GOUVEIA — Pode ser que ainda a encontrem.

FORTUNATA — Mas em que estado, seu Gouveia!

EUSÉBIO — E seu *Borge* já estava *arresorvido* a *casá* com ela... Mas não *fiquemo* aqui...

GOUVEIA (*Inquieto.*) — Sim, não fiquemos aqui.

EUSÉBIO — *Temo* muito que *conversá*, seu Gouveia. Não quero que dona Fortunata diga que eu não sei *sê* pai... Quero *sabê* se o *sinhô* está ou não está disposto a *cumpri* o que tratou!

GOUVEIA — Certamente. Se dona Quinota ainda gosta de mim...

QUINOTA (*Baixando os olhos.*) — Eu gosto.

GOUVEIA — Mas vamos! Em caminho conversaremos. São contos largos!

EUSÉBIO — *Vamo jantá* lá no *hoté*.

GOUVEIA — No hotel? Não! A linha está interrompida. (*À parte.*) — Era o que faltava! Ela lá iria! (*Alto.*) — Vamos ao Internacional.

EUSÉBIO — Onde é isso?

GOUVEIA — Em Santa Teresa. Toma-se aqui o bonde elétrico.

FORTUNATA — O *tá* que vai *pro* cima do arco?

GOUVEIA — Sim, senhora.

FORTUNATA — Xi!

GOUVEIA — Não há perigo. Mas vamos! Vamos! (*Dá o braço a Quinota.*)

FORTUNATA (*Querendo separá-los.*) — Mas...

EUSÉBIO — Deixe. Isto aqui é moda. A senhora se *alembre* que não *estamo* em São João do Sabará.

JUQUINHA — Eu quero *i co* Quinota!

FORTUNATA — Principia! Principia! Que menino, minha Nossa Senhora!

GOUVEIA (*Vendo Lola.*) — Ela! Vamos! Vamos! (*Retira-se precipitadamente.*)

EUSÉBIO — Espere aí, seu Gouveia! Ande, dona Fortunata!

JUQUINHA (*Chorando.*) — Eu quero *i co* Quinota! (*Saem todos a correr pela direita.*)

CENA V

Lola, Mercedes, Dolores, Blanchette, Rodrigues, pessoas do povo

LOLA — Então? O Gouveia? Não lhes disse? Bem me arrependi de o ter deixado ficar! Não teve mão em si e lá se foi para o jogo!

MERCEDES — Que tratante!

DOLORES — Que malcriado!

BLANCHETTE — Que grosseirão!

LOLA — E nada de bondes!

MERCEDES — Que fizeste do teu carro?

LOLA — Pois não te disse já que o meu cocheiro, o Lourenço, amanheceu hoje com uma pontinha de dor de cabeça?

BLANCHETTE (*Maliciosa.*) — Poupas muito o teu cocheiro.

LOLA — Coitado! É tão bom rapaz! (*Vendo Rodrigues que se tem aproximado aos poucos.*) — Olá, como vai você?

RODRIGUES (*Disfarçando.*) — Vou indo, vou indo... Mas que bonito ramilhete franco-espanhol! A Dolores... a Mercedes... a Blanchette... *Viva la gracia*!

LOLA (*Às outras.*) — Uma idéia, uma fantasia: vamos levar este tipo para jantar conosco?

As OUTRAS — Vamos! Vamos!

BLANCHETTE — Substituirá o Gouveia! Bravo!

LOLA (*A Rodrigues.*) — Você faz-nos um favor? Venha jantar com o ramilhete franco-espanhol!

RODRIGUES — Eu?! Não posso, filha; tenho a família à minha espera.

LOLA — Manda-se um portador à casa com esses embrulhos.

MERCEDES — Os embrulhos ficam, se é coisa que se coma.

RODRIGUES — Vocês estão me tentando, seus demônios!

LOLA — Vamos! Anda! Um dia não são dias!

RODRIGUES — Eu sou um chefe de família!

TODAS — Não faz mal!

RODRIGUES — Ora, adeus! Vamos! (*Olhando para a esquerda.*) Ali está um carro. O próprio cocheiro levará depois um recado à minha santa esposa... disfarcemos... Vou alugar o carro. *(Sai.)*

TODAS — Vamos! (*Acompanham-no.*)

PESSOAS do POVO — Lá vem afinal um bonde! Tomemo-lo! Avança! (*Correm todos. Música na orquestra até o fim do ato. Mutação.*)

Quadro IV

(*A passagem de um bonde elétrico sobre os arcos. Vão dentro do bonde entre outros passageiros, Eusébio, Gouveia, Fortunata, Quinota, e Juquinha. Ao passar o bonde em frente ao público, Eusébio levanta-se entusiasmado pela beleza do panorama.*)

EUSÉBIO — Oh! A *capitá federá*! A *capitá federá*!...

Pano

Quadro V

(O Largo de São Francisco.)

CENA I

Benvinda, pessoas do povo, depois Figueiredo
(Benvinda está exageradamente vestida à última moda e cercada por muitas pessoas do povo, que lhe fazem elogios irônicos.)

Coro

Ai, Jesus! Que mulata bonita!
Como vem tão janota e faceira!
Toda a gente por ela palpita!
Ninguém há que adorá-la não queira!
Ai, mulata!
Não há peito que ao ver-te não bata!

BENVINDA Vão andando seu caminho,
Deixe a gente *assossegada*!

Coro

Pára ao menos um instantinho!
Não te mostres irritada!

BENVINDA Gentes! Meu Deus! Que maçada!

Coro

Dize o teu nome, benzinho!

Coplas

I

BENVINDA
Meu nome não digo!
Não quero, aqui está!
Não bulam comigo!
Me deixem *passá*!
Jesus! Quem me acode?
Já vejo que aqui
As *moça* não *pode*
Sozinha saí!
Sai da frente,
Minha gente!
Sai da frente *pro favô*!
Tenho pressa!
Vou depressa!
Vou *pra* Rua do *Ouvidô*!

Coro

Sai da frente!
Minha gente!
Sai da frente por favor!
Vai com pressa!
Vai depressa
Vai à Rua do Ouvidor

II

BENVINDA
Não digo o meu nome!
Não *tou* de maré!
Diabo dos *home*
Que *insurta* as *muié*!

Quando eu vou sozinha,
Só ouço *dizê*:
"Vem cá, mulatinha,
Que eu vou com você!"
Sai da frente, etc...

Coro

Sai da frente, etc...

(*Figueiredo aparece e coloca-se ao lado de Benvinda.*)

FIGUEIREDO Meus senhores, que é isto?
Perseguição assim é caso nunca visto!...
Mas saibam que esta fazenda
Tem um braço que a defenda!

BENVINDA Seu Figueiredo
Eu *tava* aqui com muito medo!

Coro
(*À meia voz.*)

Este é o marchante...
Deixá-los, pois, no mesmo instante!
Provavelmente o tipo é tolo,
E há querer armar um rolo!

(*À toda voz, cumprimentando ironicamente Figueiredo.*)

Feliz mortal, parabéns
Pelo tesouro que tens!
Ah! ah! ah! ah! ah! ah! ah! ah!
Mulher mais bela aqui não há!...

(*Todos se retiram. Durante as cenas que seguem,*

até o fim do quadro, passam pessoas do povo.)

CENA II

Figueiredo, Benvinda

FIGUEIREDO (*Repreensivo.*) — Já vejo que há de ser muito difícil fazer alguma coisa de ti!

BENVINDA — Eu não tenho *curpa* que esses *diabo*...

FIGUEIREDO (*Atalhando.*) — Tens culpa, sim! Em primeiro lugar, essa toalete é escandalosa! Esse chapéu é descomunal!

BENVINDA — Foi o *sinhô* que *escolheu ele*!

FIGUEJREDO — Escolhi mal! Depois, tu abusas do *face-en-main*!

BENVINDA — Do... do quê?

FIGUEIREDO — Disto, da luneta! Em francês chama-se *face-en-main.* Não é preciso estar a todo o instante... (*Faz o gesto de quem leva aos olhos o* face-en-main.) Basta que te sirva disso lá uma vez por outra, e assim, olha, assim, com certo ar de sobranceria. (*Indica.*) E não sorrias a todo instante, como uma bailarina... A mulher que sorri sem cessar é como o pescador quando atira a rede: os homens vêm aos cardumes, como ainda agora! — E esse andar? Por que gingas tanto? Por que te remexes assim?

BENVINDA (*Chorosa.*) — Oh! Meu Deus! Eu ando bem direitinha... não olho *pra* ninguém... Estes *diabo* é que *intica* comigo. — Vem cá, mulatinha! Meu bem, ouve aqui uma coisa!

FIGUEIREDO — Pois não respondas! Vai olhando sempre para a frente! Não tires os olhos de um ponto fixo, como os acrobatas, que andam na corda bamba... Olha, eu te mostro... Fazes de conta que eu sou tu, e estou passando... Tu és um gaiato e me dizes uma gracinha quando eu passar por ti. (*Afasta-se, e passa pela frente de Benvinda muito sério.*) Vamos, dizes alguma coisa!...

BENVINDA — *Dizê* o quê?

FIGUEIREDO (*À parte.*) — Não compreendeu! (*Alto.*) — Qualquer coisa! Adeus, meu bem ! Aonde vai com tanta pressa! Olha o lenço que caiu!

BENVINDA — Ah! Bem!

FIGUEIREDO — Vamos, outra vez. (*Repete o movimento.*)

BENVINDA — Adeus, seu Figueiredo.

FIGUEIREDO — Que Figueiredo! Eu agora sou Benvinda! E a propósito, hei de arranjar-te um nome de guerra.

BENVINDA — De guerra? Uê!...

FIGUEIREDO — Sim, um nome de guerra. É como se diz. *Benvinda* é nome de preta velha. Mas não se trata agora disso. Vou passar de novo. Não te esqueças de que eu sou tu. Já compreendeste?

BENVINDA — Já, sim *sinhô*.

FIGUEIREDO — Ora muito bem! — Lá vou eu. (*Repete o movimento.*)

BENVINDA (*Enquanto ele passa.*) — Ouve uma coisa, mulata! Vem cá, meu coração!...

FIGUEIREDO (*Que tem passado imperturbável.*) — Viste! Não se dá troco! Arranja-se um olhar de mãe de família! E diante desse olhar, o mais atrevido se desarma! — Vamos! Anda um bocadinho até ali! Quero ver se aprendeste alguma coisa!

BENVINDA — Sim, *sinhô*. (*Anda.*)

FIGUEIREDO — Que o quê! Não é nada disso! Não é preciso fazer projeções do holofote para todos os lados! Assim, olha... (*Anda.*) Um movimento gracioso e quase imperceptível dos quadris...

BENVINDA (*Rindo.*) — Que *home* danado!

FIGUEIREDO — É preciso também corrigir o teu modo de falar, mas a seu tempo trataremos desse ponto, que é essencial. Por enquanto o melhor que tens a fazer é abrir a boca o menor número de vezes possível, para não dizeres *home* em vez de *homem* e quejandas parvoíces... Não há elegância sem boa prosódia. — Aonde ias tu?

BENVINDA — Ia *na* Rua do *Ouvidô*.

FIGUEIREDO (*Emendando.*) — Ouvidorr... Ouvidorr... Não faças economia nos erres, porque, apesar da carestia geral, eles não aumentarão de preço. E sibila bem os esses — Assssim... Bom. Vai e até logo! Mas vê lá: nada de olhadelas, nada de respostas! Vai!

BENVINDA — *Inté* logo.

FIGUEIREDO — Que *inté* logo! Até logo é que é! Olha,

em vez de *inté logo,* dize: *Au revoir*! Tem muita graça de vez em quando uma palavra ou uma expressão francesa.

BENVINDA — *Ó revoá*!

FIGUEIREDO — Antes isso! (*Benvinda afasta-se.*) Não te mexas tanto, rapariga! Ai! Ai! Isso! Agora foi demais! Ai! (*Benvinda desaparece.*) — De quantas tenho lançado, nenhuma me deu tanto trabalho! Há de ser difícil coisa lapidar este diamante! É uma vergonha! Não pode estar ao pé de gente! (*Lola vai atravessando a cena; vendo Figueiredo encaminha-se para ele.*)

CENA III

Figueiredo, Lola

LOLA — Oh! Estimo encontrá-lo! Pode dar-me uma palavra?

FIGUEIREDO — Pois não, minha filha!

LOLA — Não o comprometo?

FIGUEIREDO — De forma alguma! Vossemecê já está lançada!

LOLA — Como?

FIGUEIREDO — Vossemecês só envergonham a gente antes de lançadas.

LOLA — Não entendo.

FIGUEIREDO — Nem é preciso entender. Que desejava?

LOLA — Lembra-se de mim?

FIGUEIREDO — Perfeitamente. Encontramo-nos um dia no vestíbulo do Hotel da Capital Federal.

LOLA (*Apertando-lhe a mão.*) — Nunca mais me esqueci da sua fisionomia. O senhor não é bonito... oh! Não! Mas é muito insinuante.

FIGUEIREDO (*Modestamente.*) — Oh! Filha!...

LOLA — Lembra-se do motivo que me levava àquele hotel?

FIGUEIREDO — Lembra-me. Vossemecê ia à procura de um moço que apontava na primeira dúzia.

LOLA — Vejo que tem boa memória. Pois é na sua qualidade de hóspede do Grande Hotel da Capital Federal que me atrevo a pedir-lhe uma informação.

FIGUEIREDO — Mas eu há muitos dias já lá não moro! Era um bom hotel, não nego, mas que quer? — Não me levavam café ao quarto às sete horas em ponto! — Entretanto, se for coisa que eu saiba...

LOLA — Queria apenas que me desse notícias do Gouveia.

FIGUEIREDO — Do Gouveia?

LOLA — O tal da primeira dúzia.

FIGUEIREDO — Mas eu não o conheço.

LOLA — Deveras?

FIGUEIREDO — Nunca o vi mais gordo!

LOLA — Que pena! Supus que o conhecesse!

FIGUEIREDO — Pode ser que o conheça de vista, mas não ligo o nome à pessoa.

LOLA — Tenho-o procurado inúmeras vezes no hotel... e não há meio! Não está! Saiu! Há três dias não aparece cá! Um inferno!...

FIGUEIREDO — Continua a amá-lo?

LOLA — Sim, continuo, porque a primeira dúzia, pelo menos até a última vez que lhe falei, não tinha ainda falhado; mas como não o vejo há muitos dias, receio que a sorte afinal se cansasse.

FIGUEIREDO — Então o seu amor regula-se pelos caprichos da bola da roleta?

LOLA — É como diz. Ah! Eu cá sou franca!

FIGUEIREDO — Vê-se!

Coplas

I

LOLA
Este afeto incandescente
Pela bola se regula
Que vertiginosamente
Na roleta salta e pula!

FIGUEIREDO
Vossemecê o moço estima
Dando a bola de um a doze;
Mas de treze para cima

Ce n'est pas la même chose!

II

LOLA É Gouveia um bom pateta
Se supõe que ainda o quisesse
Quando a bola da roleta
A primeira já não desse!

FIGUEIREDO A mulata brasileira
De carinhos é fecunda,
Embora dando a primeira,
Embora dando a segunda!

LOLA — E, por outro lado, ando apreensiva...

FIGUEIREDO — Por quê?

LOLA — Porque... O senhor não estranhe estas confidências por parte de uma mulher que nem ao menos sabe o seu nome.

FIGUEIREDO — Figueiredo...

LOLA — Mas, como já disse, a sua fisionomia é tão insinuante... simpatizo muito com o senhor.

FIGUEIREDO — Creia que lhe pago na mesma moeda. Digo-lhe mais: se eu não tivesse a minha especialidade... (*À parte.*) — Deixem lá! Se o moreno fosse mais carregado...

LOLA — Ando apreensiva porque a Mercedes me contou que há dias viu o Gouveia no teatro com uma família que pelos modos parecia gente da roça... e ele conversava muito com uma moça que não era nada feia... Tenho eu que ver se o tratante se apanha com uma boa bolada, arranja casório e eu fico a chuchar no dedo!

FIGUEIREDO (*À parte.*) — Ela exprime-se com muita elegância!

LOLA — Dos homens tudo há que esperar!

FIGUEIREDO — Tudo, principalmente quando dá a primeira dúzia.

LOLA (*Estendendo a mão que ele aperta.*) — Adeus, Figueiredo.

FIGUEIREDO — Adeus... Como te chamas?

LOLA — Lola.

FIGUEIREDO — Adeus, Lola.

LOLA (*Com uma idéia.*) — Ah! uma coisa: você é homem que vá a uma festa?

FIGUEIREDO — Conforme.

LOLA — Eu faço anos sábado...

FIGUEIREDO — Este agora?

LOLA — Não; o outro.

FIGUEIREDO — Sábado de aleluia?

LOLA — Sábado de aleluia, sim. Faço anos e dou um baile à fantasia.

FIGUEIREDO — Bravo! Não faltarei!

LOLA — Contanto que vá fantasiado! Se não for, não entra!

FIGUEIREDO — Irei fantasiado.

LOLA — Aqui tem você a minha morada. (*Dá-lhe um cartão.*)

FIGUEIREDO — Aceito com muito prazer, mas olhe que não vou sozinho...

LOLA — Vai com quem quiseres.

FIGUEIREDO — Levo comigo uma trigueira que estou lançando, e que precisa justamente de ocasiões como essa para civilizar-se.

LOLA — Aquela casa é tua, meu velho! (*Vendo Gouveia que entra do outro lado, cabisbaixo, e não repara nela.*) Olha quem vem ali!

FIGUEIREDO — Quem?

LOLA — Aquele é que é o Gouveia.

FIGUEIREDO — Ah! é aquele... Conheço-o de vista... É um moço do comércio.

LOLA — Foi. Hoje não faz outra coisa senão jogar. Mas como está cabisbaixo e pensativo! Querem ver que a primeira dúzia...

FIGUEIREDO — Adeus! Deixo-te com ele. Até sábado de aleluia!

LOLA — Não faltes, meu velho! (*Apertam-se as mãos.*)

FIGUEIREDO (*À parte.*) — Dir-se-ia que andamos juntos na escola! *(Sai.)*

CENA IV

Lola, Gouveia

GOUVEIA (*Descendo cabisbaixo ao proscênio.*) — Há três dias dá a segunda dúzia... Consultei hoje a escrita: perdi em noventa e cinco bolas o que tinha ganho em perto de mil e duzentas! Decididamente aquele famoso padre do Pará tinha razão quando dizia que não se deve apontar a roleta nem com o dedo, porque o próprio dedo pode lá ficar!

LOLA (*À parte, do outro lado.*) — Fala sozinho!

GOUVEIA — Hei de achar a forra! O diabo é que fui obrigado a pôr as jóias no prego. Venho neste instante da casa do judeu. É sempre pelas jóias que começa a esbodegação...

LOLA (*À parte.*) — Continua... Aquilo é coisa...

GOUVEIA — Com certeza vão dar por falta dos meus brilhantes... Pobre Quinota! Se ela soubesse! Ela, tão simples, tão ingênua, tão sincera!

LOLA (*Aproximando-se inopinadamente.*) — Tu estás maluco?

GOUVEIA — Hein?... Eu... Ah! És tu? Como vais?...

LOLA — Estavas falando sozinho?

GOUVEIA — Fazendo uns cálculos...

LOLA — Aconteceu-te alguma coisa desagradável? Tu não estás no teu natural!

GOUVEIA — Sim... aconteceu-me... fui roubado... um

gatuno levou as minhas jóias... e eu estava aqui planejando deixar hoje a primeira dúzia e atacar dois esguichos, o esguicho de 7 a 12 e o esguicho de 25 a 30, a dobrar, a dobrar!

LOLA (*Num ímpeto.*) — A primeira dúzia falhou?

GOUVEIA — Falhou... (*A gesto de Lola.*) — Mas descansa: eu já a tinha abandonado antes que ela me abandonasse.

LOLA — Tens então continuado a ganhar?

GOUVEIA — Escandalosamente!

LOLA — Ainda bem, porque sábado de aleluia faço anos...

GOUVEIA — É verdade... fazes anos no sábado de aleluia...

LOLA — É preciso gastar muito dinheiro! Tenho te procurado um milhão de vezes! No hotel dizem-me que lá nem apareces!

GOUVEIA — Exageração.

LOLA — E outra coisa: quem era uma família com quem estavas uma noite destas no São Pedro? Uma família da roça?

GOUVEIA — Quem te disse?

LOLA — Disseram-me. Que gente é essa?

GOUVEIA — Uma família muito respeitável que eu conheci quando andei por Minas.

LOLA — Gouveia, Gouveia, tu enganas-me!

GOUVEIA — Eu? Oh! Lola! Nunca te autorizei a duvidares de mim!...

LOLA — Nessa família há uma moça que... Oh! o meu coração adivinha uma desgraça, e... (*Desata a chorar.*)

GOUVEIA (*À parte.*) — É preciso, realmente, que ela me ame muito, para ter um pressentimento assim! (*Alto.*) — Então? Que é isso? Não chores! Vê que estamos na rua!...

LOLA (*À parte.*) — Pedaço d'asno!

GOUVEIA — Eu irei logo lá a casa, e conversaremos.

LOLA — Não! Não te deixo! Hás de ir agora comigo, hás de acompanhar-me, senão desapareces como aquela vez, no Largo da Carioca!

GOUVEIA — Mas...

LOLA — Ou tu me acompanhas, ou dou um escândalo!

GOUVEIA — Bom, bom, vamos. Tens aí o carro?

LOLA — Não, que o Lourenço, coitado, foi passar uns dias em Caxambu. Vamos a pé. Bem sei que tu tens vergonha de andar comigo em público, mas isso são luxos que deves perder!

GOUVEIA — Vamos! (*À parte.*) — Hei de achar meio de escapulir...

LOLA — Vamos! (*À parte.*) — Ou eu me engano, ou está liquidado! (*Afastam-se. Entram pelo outro lado Eusébio, Fortunata e Quinota, que os vêem sem serem vistos por eles.*)

CENA V

Eusébio, Fortunata, Quinota

FORTUNATA — Olhe! Lá vai! É ele! É seu Gouveia com a mesma espanhola com quem estava aquela noite no jardim do Recreio!... (*Correndo a gritar.*) — Seu Gouveia! seu Gouveia!...

EUSÉBIO (*Agarrando-a pela saia.*) — Ó senhora! Não faça escândalo! Que maluquice de *muié*!...

QUINOTA (*Abraçando o pai, chorosa.*) — Papai, eu sou muito infeliz!

EUSÉBIO — Aqui está! É o que a senhora queria!...

FORTUNATA — Aquilo é um desaforo que eu não posso *admiti*! O diabo do *home* é noivo de nossa filha e anda por toda a parte *c'uma* pelintra!

EUSÉBIO — Que pelintra, que nada!... Não acredita, *fia* da minha *bença*. É uma prima dele. Coitadinha! Chorando! (*Beija-lhe os olhos.*)

QUINOTA — Eu gosto tanto daquele ingrato!

EUSÉBIO — Ele também gosta de ti... e há de *casá* contigo... e há de *sê* um bom marido!

FORTUNATA (*Puxando Eusébio de lado.*) — É *perciso* que você tome uma *porvidência quaqué*, seu Eusébio — senão, faço uma estralada!...

EUSÉBIO (*Baixo.*) — Descanse... Eu já tomei informação... já sei onde mora essa espanhola... Agora mesmo vou *procurá* ela. *Vá* as duas já *pra* casa! Eu já vou.

FORTUNATA — E Juquinha? Por onde anda aquele menino?

EUSÉBIO — Deixe, que o pequeno não se perde... Está lá no tal Belódromo, aprendendo a *andá* naquela coisa... *Cumo* chama?

QUINOTA — Bicicleta.

EUSÉBIO — É. — Diz que é bom *pra desenvorvê* os *músquios*!

FORTUNATA — *Desenvorvê* a vadiação, é que é!

QUINOTA — Ele é tão criança!

EUSÉBIO — Deixa o menino se *adiverti*. — Vão *pra* casa.

QUINOTA — Lá vamos para aquele forno!

EUSÉBIO — Tem paciência, Quinota! Enquanto não se arranja coisa *mió*, a gente deve se *contentá c'aquele sote*.

FORTUNATA — *Vamo*, Ouinota!

QUINOTA — Não se demore, papai!

EUSÉBIO — Não.

FORTUNATA (*Saindo.*) — Eu *tô* mais é doida *pra* me *apanhá* na fazenda! (*Eusébio leva as senhoras até o bastidor e, voltando-se, vê pelas costas Benvinda.*)

CENA VI

Eusébio, Benvinda

BENVINDA (*Consigo.*) — Parece que assim o meu *andá tá* direito...

EUSÉBIO (*Consigo.*) — Xi que tentação! (*Seguindo Benvinda.*) — Psiu!... Ó dona!... Dona!...

BENVINDA (*À parte.*) — Esta voz.... (*Volta-se.*) — *Sinhô* Eusébio!

EUSÉBIO — Benvinda!...

BENVINDA (*Assestando o* face-en-main.) — *Ó revoá.*

EUSÉBIO — A mulata de luneta, minha Nossa Senhora! Este mundo *tá* perdido!...

BENVINDA (*Dando-se ares e sibilando os esses.*) — Deseja alguma coisa? Estou às suas *ordes*!

EUSÉBIO — Ah! ah! ah! que mulata pernóstica! Quem havia de *dizê*! Vem cá, diabo, vem cá; me conta tua vida!

BENVINDA (*Mudando de tom.*) — *Vam'cê* não *tá* zangado comigo?

EUSÉBIO — Eu não! Tu *era* senhora do teu nariz! O que tu *podia tê* feito era *se despedi* da gente... Dona Fortunata não te perdoa! E seu *Borge*, quando *soubé*, há de *ficá* danado, porque ele gosta de ti.

BENVINDA — Se ele gostasse de mim, tinha se casado comigo.

EUSÉBIO — Ele um dia me deu a *entendê* que se eu te desse um dote...

BENVINDA — *Vami'cês* ainda *mora* no *hoté*?

EUSÉBIO — Não. Nós *mudemo* para um *sote* da Rua dos *Inválio*. *Paguemo* sessenta *mi-réis*.

BENVINDA — Seu Gouveia já apareceu?

EUSÉBIO — Apareceu e tudo *tá* combinado... (*À parte*.) — O diabo é a espanhola!

BENVINDA — *Sinhá*? *nhãnhã*? *nhô* Juquinha? *tudo tá bom*?

EUSÉBIO — *Tudo*! *Tudo tá* bom!

BENVINDA — *Nhô* Juquinha eu *vejo ele* às *vez passá* na Rua do Lavradio... com outros *menino*...

EUSÉBIO — *Tá* aprendendo a *andá* no... n... nesses *carro* de duas *roda*, uma atrás, outra adiante, que a gente trepa em cima e tem um nome esquisito...

BENVINDA — Eu sei.

EUSÉBIO — E tu, mulata?

BENVINDA — Eu *tô* com seu Figueiredo.

EUSÉBIO — Sei lá quem é seu Figueiredo.

BENVINDA — *Tou* morando na Rua do Lavradio, canto da Rua da Relação (*Assestando o* face-en-main.) Se *quisé aparecê* não faça cerimônia. (*Sai requebrando-se*.) *Ó revoá*!

EUSÉBIO — Aí, mulata!

CENA VII

Eusébio, depois Juquinha

EUSÉBIO — O *curpado* fui eu... Quando me *alembro* que seu *Borge* queria *casá* com ela... Bastava um dote, *quaqué* coisa... *dous* ou três *conto* de réis... Mas deixa está: ele não sabe de nada, e *tarvez* que a coisa ainda se arranje. Quem não sabe é como quem não vê. (*Vendo passar Juquinha montado numa bicicleta.*) — Eh! Juquinha... Menino, vem cá!

JUQUINHA — Agora não posso, não, *sinhô*! (*Desaparece.*)

EUSÉBIO — Ah! Menino! Espera lá! (*Corre atrás do Juquinha. Gargalhada dos circunstantes. Mutação.*)

Quadro VI

(*Saleta em casa de Lola.*)

CENA I

Lola e Gouveia

(*Lola entra furiosa. Traz vestida uma elegante bata. Gouveia acompanha-a. Vem vestido de Mefistófeles.*)

LOLA — Não! Isto não se faz! E o senhor escolheu o dia dos meus anos para me fazer essa revelação! Devia esperar pelo menos que acabasse o baile! Com que mau humor vou agora receber os meus convidados! (*Caindo numa cadeira.*) Oh! Os meus pressentimentos não me enganavam!...

GOUVEIA — Esse casamento é inevitável; quando estive em São João do Sabará, comprometi-me com a família de minha noiva e não posso faltar à minha palavra!

LOLA — Mas por que não me disse nada? Por que não foi franco?

GOUVEIA — Supus que essa dívida tivesse caído em exercícios findos; mas a pequena teve saudades minhas, e tanto fez, tanto chorou, que o pai se viu obrigado a vir procurar-me! Como vês, é uma coisa séria!

LOLA — Mas o senhor não pode procurar um subterfúgio

qualquer para evitar esse casamento? Que idéia é essa de se casar agora que está bem, que tem sido feliz no jogo? E eu? Que papel represento eu em tudo isto?

GOUVEIA (*Puxando uma cadeira.*) — Lola, vou ser franco, vou dizer-te toda a verdade. *(Senta-se.)* Há muito tempo não faço outra coisa senão perder... O outro dia tive uma aragem passageira, um sopro de fortuna, que serviu apenas para pagar as despesas da tua festa de hoje e mandar fazer esta roupa de Mefistófeles! Estou completamente perdido! As minhas jóias não foram roubadas, como eu te disse. Deitei-as no prego e vendi as cautelas. Para fazer dinheiro, eu, que aqui vês coberto de seda, tenho vendido até a roupa do meu uso... Nessas casas de jogo já não tenho a quem pedir dinheiro emprestado. Os banqueiros olham-me por cima dos ombros, porque eu tornei-me um piaba... Sabes o que é um piaba? É um sujeito que vai jogar com muito pouco bago. Estou completamente perdido!

LOLA (*Erguendo-se.*) — Bom. Prefiro essa franqueza. É muito mais razoável.

GOUVEIA (*Erguendo-se.*) — Esse casamento é a minha salvação; eu...

LOLA — Não precisa dizer mais nada. Agora sou eu a primeira a aconselhar-te que te cases, e quanto antes melhor...

GOUVEIA — Mas, minha boa Lola, eu sei que com isso vais padecer bastante, e...

LOLA — Eu? Ah! ah! ah! ah!... Só esta me faria rir!... Ah! ah! ah! ah!... Sempre me saíste um grande tolo! Pois entrou-te na cabeça que eu algum dia quisesse de ti outra coisa que não fosse o teu dinheiro?

GOUVEIA (*Horrorizado.*) — Oh!

LOLA — E realmente supunhas que eu te tivesse amor?

GOUVEIA (*Caindo em si.*) — Compreendo e agradeço o teu sacrifício, minha boa Lola. Tu estás a fingir uma perversidade e um cinismo que não tens, para que eu saia desta casa sem remorsos! Tu és a Madalena, de Pinheiro Chagas!

LOLA — E tu és um asno! — O que te estou dizendo é sincero! Estava eu bem aviada se me apaixonasse por quem quer que fosse!

GOUVEIA — Dar-se-á caso que te saíssem do coração todos aqueles horrores?

LOLA — Do coração? Sei lá o que isso é! O que afianço é que sou tão sincera, que me comprometo a amar-te ainda com mais veemência que da primeira vez no dia em que resolveres dar cabo do dote da tua futura esposa!

GOUVEIA (*Com uma explosão.*) — Cala-te, víbora danada! Olha que nem o jogo, nem os teus beijos me tiraram totalmente o brio! Eu posso fazer-te pagar bem caro os teus insultos!

LOLA — Ora, vai te catar! Se julgas amedrontar-me com esses ares de galã de dramalhão, enganas-te redondamente! Depois, repara que estás vestido de Mefistófeles! Esse traje prejudica os teus efeitos dramáticos! Vai, vai ter com a tua roceira. Casem-se, sejam muito felizes, tenham muitos Gouveiazinhos e não me amoles mais! (*Gouveia avança, quer dizer alguma coisa, mas não acha uma palavra. Encolhe os ombros e sai.*)

CENA II

Lola, depois Lourenço

LOLA (*Só.*) — Faltou-lhe uma frase, para o final da cena — coitado! A respeito de imaginação, este pobre rapaz foi sempre uma lástima! Os homens não compreendem que o seu único atrativo é o dinheiro! Este pascácio devia ser o primeiro a fazer uma retirada em regra, e não se sujeitar a tais sensaborias! Bastavam quatro linhas pelo correio. — Oh! Também a mim, quando eu ficar velha e feia, ninguém me há de querer! Os homens têm o dinheiro, nós temos a beleza; sem aquele e sem esta, nem eles nem nós valemos coisa nenhuma. (*Entra Lourenço, trajando uma libré de cocheiro. Vem a rir-se.*)

LOURENÇO — Que foi aquilo?

LOLA — Aquilo quê?

LOURENÇO — O Gouveia! — Veio zunindo pela escada abaixo e, no saguão, quando eu me curvei respeitosamente diante dele, mandou-me ao diabo, e foi pela rua fora, a pé, vestido de Satanás de mágico! Ah! ah! ah!

LOLA — Daquele estou livre!

LOURENÇO — Eu não dizia a você? Aquilo é bananeira que já deu cacho.

LOLA — Que vieste fazer aqui? Não te disse que ficasses lá embaixo?

LOURENÇO — Disse, sim, mas é que está aí um matuto, pelos modos fazendeiro, que deseja falar a você.

LOLA — A ocasião é imprópria. São quase horas, ainda tenho que me vestir!

LOURENÇO — Coitado! o pobre-diabo já aqui veio um ror de vezes a semana passada, e parece ter muito interesse nesta visita. Demais... você bem sabe que nunca se manda embora um fazendeiro.

LOLA — Que horas são?

LOURENÇO — Oito e meia. Já estão na sala alguns convidados.

LOLA — Bem! Num quarto de hora eu despacho esse matuto. Faze-o entrar.

LOURENÇO — É já. (*Sai assoviando.*)

LOLA — Como anda lépido o Lourenço! Voltou de Caxambu que nem parece o mesmo! — Ele tem razão: um fazendeiro nunca se manda embora.

LOURENÇO (*Introduzindo Eusébio muito corretamente.*) Tenha V. Exa. a bondade de entrar. (*Eusébio entra muito encafifado e Lourenço sai fechando a porta.*)

CENA III

Lola, Eusébio

EUSÉBIO — Boa *nôte*, madama! Deus *esteje* nesta casa!

LOLA — Faz favor de entrar, sentar-se e dizer o que deseja. (*Oferece-lhe uma cadeira. Sentam-se ambos.*)

EUSÉBIO — Na *sumana* passada eu *precurei* a madama um bandão de vez sem *consegui le falá*...

LOLA — E por que não veio esta semana?

EUSÉBIO — Dona Fortunata não quis, por *sê sumana* santa... Eu então esperei que rompesse as *aleluia*! (*Uma pausa.*) — Eu pensei que a madama embrulhasse língua comigo, e eu não entendesse nada que a madama dissesse, mas *tô* vendo que fala muito bem o português...

LOLA — Eu sou espanhola e... o senhor sabe... o espanhol parece-se muito com o português; por exemplo: *hombre,* homem; *mujer,* mulher.

EUSÉBIO (*Mostrando o chapéu que tem na mão.*) — E como é chapéu, madama?

LOLA — *Sombrero.*

EUSÉBIO — E guarda-chuva?

LOLA — *Paraguas.*

EUSÉBIO — É! Parece quase a mesma coisa! — E cadeira?

LOLA — *Silla.*

EUSÉBIO — E janela?

LOLA — *Ventana.*

EUSÉBIO — Muito parecido!

LOLA — Mas, perdão, creio que não foi para aprender espanhol que o senhor veio à minha casa...

EUSÉBIO — Não, madama, não foi para *aprendê* espanhol; foi para *tratá* de coisa *munto* séria!

LOLA — De coisa séria? Comigo! É esquisito!...

EUSÉBIO — Não é esquisito, não madama; eu sou o pai da noiva de seu Gouveia!...

LOLA — Ah!

EUSÉBIO — *Cumo* minha *fia* anda *munto* desgostosa *pru* via da madama, eu me *alembrei* de *vi* na sua casa para *sabê*... sim, para *sabê* se é *possive* a madama se *separá* de seu Gouveia. Se *fô* possive, muito que bem; se não *fô*, paciência, a gente arruma as *mala*, e *amenhã memo* vorta *pra* fazenda. Minha *fia* é bonita e é rica: não há de *sê* defunto sem choro!...

LOLA — Compreendo, o senhor vem pedir a liberdade de seu futuro genro!

EUSÉBIO — Sim, madama; eu quero o moço livre e desembaraçado de *quaqué* ônus! (*Lola levanta-se, fingindo uma comoção extraordinária; quer falar, não pode, e acaba numa explosão de lágrimas. Eusébio levanta-se.*) Que é isso? A madama *tá* chorando?!...

LOLA (*Entre lágrimas.*) — Perder o meu adorado Gouveia! Oh! O senhor pede-me um sacrifício terrível! (*Pausa.*) Mas eu compreendo... Assim é necessário... Entre a mulher perdida e a menina casta e pura; entre o vício e a virtude, é o vício que deve ceder... Mas o senhor não imagina como eu amo aquele moço e quantas lágrimas preciso verter para apagar a lembrança do meu amor desgraçado! (*Abraça Eusébio, escondendo o rosto nos ombros dele, e soluça.*) Sou muito infeliz!

EUSÉBIO (*Depois de uma pausa, em que faz muitas caretas.*) — Então, madama?... Sossegue... A madama não perde nada... (*À parte.*) — Que cangote cheiroso!

LOLA (*Olhando para ele, sem tirar a cabeça do seu ombro.*) — Não perco nada? Que quer o senhor dizer com isso?

EUSÉBIO — Quero *dizê* que... sim... quero *dizê*... *Home*, madama, tira a cabeça daí, porque assim eu não acerto *c'as* palavras!

LOLA (*Sem tirar a cabeça.*) — Sim, a minha porta se fechará ao Gouveia... juro-lhe que nunca mais o verei... Mas onde irei achar consolação?... Onde encontrarei uma alma que me compreenda, um peito que me abrigue, um coração que vibre harmonizado com o meu?

EUSÉBIO — Nós *podemo entrá* num ajuste.

LOLA (*Afastando-se dele com ímpeto.*) — Um ajuste?! Que ajuste?! O senhor quer talvez propor-me dinheiro!... Oh! Por amor dessa inocente menina, que é sua filha, não insulte, senhor, os meus sentimentos, não ofenda o que eu tenho de mais sagrado!...

EUSÉBIO (*À parte.*) — É um pancadão! Seu Gouveia teve bom gosto!...

LOLA — O senhor quer que eu deixe o Gouveia porque sua filha o ama e é amada por ele, não é assim? Pois bem, é seu o Gouveia; dou-lho, mas dou-lho de graça, não exijo a menor retribuição!

EUSÉBIO — Mas o que vinha *propô* à madama não era um pagamento, mas uma... *Cumo* chama aquilo que se falou *cando* foi o 13 de Maio? Uma... Ora, sinhô! (*Lembrando-se.*) Ah! Uma indenização! O caso muda muito de figura!

LOLA — Não! — Nenhuma indenização pretendo! Mas de ora em diante fecharei o meu coração aos mancebos da capital, e só amarei (*Enquanto fala vai arranjando o laço da gravata e a barba de Eusébio.*) algum homem sério... de meia-idade... filho do campo.... ingênuo... sincero... incapaz de um embuste... (*Alisando-lhe o cabelo.*) Oh! Não exigirei que ele seja belo... Quanto mais feio for, menos ciúmes terei! (*Eusébio cai como desfalecido numa cadeira, e Lola senta-se no colo dele.*) A esse hei de amar com frenesi... com delírio!... (*Enche-o de beijos.*)

EUSÉBIO (*Resistindo e gritando.*) — Eu quero *i* me embora! (*Ergue-se.*)

LOLA — Cala-te, criança louca!...

EUSÉBIO — Criança louca! Ué!...

LOLA (*Com veemência.*) — Desde que transpuseste aquela porta, senti que uma força misteriosa e magnética me impelia para os teus braços! Ora, o Gouveia! Que me importa a mim o Gouveia, se és meu, se estás preso pela tua Lola, que não te deixará fugir?

EUSÉBIO — Isso tudo é verdade?

LOLA — Estes sentimentos não se fingem! Eu adoro-te!

EUSÉBIO — Eu me conheço... já sou um *home* de idade... não sei *falá* como os *doutô* da *capitá federá*...

LOLA — Mas é isso mesmo o que mais me encanta na tua pessoa!

EUSÉBIO — Quando a esmola é *munta*, o pobre desconfia.

LOLA — Põe à prova o meu amor! Já te não sacrifiquei o Gouveia?

EUSÉBIO — Isso é verdade.

LOLA — Pois sacrifico-te o resto!... Queres que me desfaça de tudo quanto possuo, e que vá viver contigo numa ilha deserta?... Oh! Bastam-me o teu amor e uma choupana! (*Abraça-o.*) Dá-me um beijo! Dá-mo como um presente do céu! (*Eusébio limpa a boca com o braço e beija-a.*) Ah! (*Lola fecha os olhos e fica como num êxtase.*)

EUSÉBIO (*À parte.*) — Seu Eusébio *tá* perdido! (*Dá-lhe outro beijo.*)

LOLA (*Sem abrir os olhos.*) — Outro... outro beijo ainda... (*Eusébio beija-a e ela afasta-se, esfregando os olhos.*) Oh! Não será isto um sonho?

EUSÉBIO — Bom, madama, com sua licença, eu vou me embora...

LOLA — Não; não consinto! Faço hoje anos e dou uma festa. A minha sala já está cheia de convidados.

EUSÉBIO — Ah! Por isso é que quando eu entrei *subia* uns mascarado...

LOLA — Sim; é um baile à fantasia. Precisas de um vestuário.

EUSÉBIO — Que vestuário, madama?

LOLA — Espera. Tudo se arranjará. (*Vai à porta.*) — Lourenço!

EUSÉBIO — Que vai *fazê*, madama?

LOLA — Vai ver.

CENA IV

Os mesmos, Lourenço

LOLA (*A Lourenço que se apresenta muito respeitosamente.*) — Vá com este senhor a uma casa de alugar vestimentas à fantasia a fim de que ele se prepare para o baile.

EUSÉBIO — Mas...

LOLA (*Súplice.*) — Oh! Não me digas que não! (*A Lourenço.*) — Dê ordem ao porteiro para não deixar entrar o sr. Gouveia. Esse moço morreu para mim!

LOURENÇO (*À parte.*) — Que diabo disto será aquilo!

LOLA (*Baixo a Eusébio.*) — Estás satisfeito? (*Antes que ele responda.*) Vou preparar-me também. Até logo! (*Sai pela direita.*)

CENA V

Eusébio, Lourenço

EUSÉBIO (*Consigo.*) — Sim, *sinhô*; isto é o que se chama *vi buscá* lã e saí tosquiado! Se dona Fortunata soubesse... (*Dando com o Lourenço.*) — Vamos lá, seu... *cumo* o *sinhô* se chama?

LOURENÇO — Lourenço, para servir a V. Exa.

EUSÉBIO — Vamos lá, seu Lourenço... (*Sem arredar pé de onde está.*) Isto é o diabo! Enfim!... Mas que espanhola danada! (*Encaminha-se para a porta e faz lugar para Lourenço passar.*) Faz *favô*!

LOURENÇO (*Inclinando-se.*) — Oh! Meu senhor... isso

nunca... eu, um cocheiro!... Então? Por obséquio!

EUSÉBIO — Passe, seu Lourenço, passe, que o *sinhô* é de casa e está fardado! (*Lourenço passa e Eusébio acompanha-o. Mutação.*)

Quadro VII

(*Rico salão de baile profusamente iluminado.*)

CENA I

Rodrigues, Dolores, Mercedes, Blanchette, convidados.
(Estão todos vestidos à fantasia.)

Coro

Que lindo baile! Que bela festa!
Luzes e flores em profusão!
A nossa Lola não é modesta!
Eu sinto aos pulos o coração!

MERCEDES, DOLORES e BLANCHETTE
Senhores e senhoras,
Divirtam-se a fartar!
Alegremente as horas
Vejamos deslizar!
A mocidade é sonho
Esplêndido e risonho
Que rápido se esvai;
Portanto, a mocidade
Com voluptuosidade
Depressa aproveitai!

BLANCHETTE Dancemos, que a dança,
Se o corpo nos cansa,
A alma nos lança
Em um mundo melhor!

DOLORES Bebamos, que o vinho,
Com doce carinho,
Nos mostra o caminho
Fulgente do amor!

MERCEDES Amemos, embora
Chegadas à hora
Da fúlgida aurora,
Deixemos de amar!
Que em nós os amores,
Tal como nas flores
Perfumes e cores,
Não possam durar!

As TRÊS Dancemos!
Bebamos! Amemos!

RODRIGUES (*Que está vestido de Arlequim.*) — Então? Que me dizem desta fantasia? Vocês ainda não me disseram nada!...

MERCEDES — Deliciosa!

DOLORES — Magnífica.

BLANCHETTE — *Épatante*!

RODRIGUES — Saiu baratinha, porque foi feita em casa pelas meninas. Como sabem, sou o homem da família.

MERCEDES — Você confessou em casa que vinha ao baile da Lola?

RODRIGUES — Não, que isso talvez aborrecesse minha senhora. Eu disse-lhe que ia a um baile dado em Petrópolis pelo Ministro Inglês...

TODAS — Ah! ah! ah!...

RODRIGUES (*Continuando.*) — ...baile a que não podia faltar por amor de uns tantos interesses comerciais...

BLANCHETTE — Ah! Seu patife!...

DOLORES — De modo que neste momento a sua pobre senhora julga-o em Petrópolis.

RODRIGUES (*Confidencialmente, muito risonho.*) — Saí hoje de casa com a minha bela fantasia dentro de uma mala de mão, e fingi que ia tomar a barca das quatro horas. Tomei mas foi um quarto do hotel, onde o austero negociante jantou e onde à noite se transformou no polícromo arlequim que estão vendo — e depois, metendo-me num carro fechado, voei a esta deliciosa mansão de encantos e prazeres. Tenho por mim toda a noite e parte do dia de amanhã, pois só tenciono voltar à tardinha. Ah! Não imaginam vocês com que saudade estou da família, e com que satisfação abraçarei a esposa e os filhos quando vier de Petrópolis!

MERCEDES — Você é na realidade um pai de família modelo!

DOLORES — Um exemplo de todas as virtudes!

BLANCHETTE — Esse vestuário de Arlequim não lhe fica bem! Você devia vestir-se de Catão!

RODRIGUES — Trocem à vontade, mas creiam que não há no Rio de Janeiro um chefe de família mais completo do que eu. (*Afastando-se.*) Em minha casa não falta nada. (*Afasta-se.*)

MERCEDES — Nada, absolutamente nada, a não ser o marido.

DOLORES — É um grande tipo.

BLANCHETTE — E a graça é que a senhora paga-lhe na mesma moeda!

MERCEDES — É mais escandalosa que qualquer de nós.

DOLORES — Não quero ser má língua, mas há dias encontrei-a num bonde da Vila Isabel muito agarradinha ao Lima Gama!

BLANCHETTE — Aqueles bondes da Vila Isabel são muito comprometedores.

RODRIGUES (*Voltando.*) — Que estão vocês aí a cochichar?

MERCEDES — Falávamos da vida alheia.

BLANCHETTE — Dolores contava que há dias encontrou num bonde da Vila Isabel uma senhora casada que mora em Botafogo.

RODRIGUES — Isso não tira! Talvez fosse ao Jardim Zoológico.

DOLORES — Talvez; mas o leão ia ao lado dela no bonde...

RODRIGUES — Há, efetivamente, senhoras casadas que se esquecem do decoro que devem a si e à sociedade!

As TRÊS (*Com convicção.*) — Isso há...

RODRIGUES — Por esse lado posso levantar as mãos para o céu! Tenho uma esposa virtuosa!

MERCEDES — Deus a conserve tal qual tem sido até hoje.

RODRIGUES — Amém.

BLANCHETTE — E Lola que não aparece?

DOLORES — Está se vestindo; não tarda.

Um CONVIDADO — Oh! que bonito par vem entrando!

TODOS — É verdade!

O CONVIDADO — Façamos alas para recebê-lo!

RODRIGUES — Propomos que o recebamos com um rataplã!

TODOS — Apoiado! Um rataplã!... (*Formam-se duas alas.*)

Coro

Rataplã! Rataplã! Rataplã!
Oh, que elegância! Que lindo par!...
Todos os outros vem ofuscar!

CENA II

Os mesmos, Figueiredo e Benvinda
(*Entra Figueiredo, vestido de Radamés, trazendo pela mão Benvinda, vestida de Aída.*)

FIGUEIREDO **I**

Eis Aída,
Conduzida
Pela mão de Radamés
Vem chibante,
Coruscante,
Da cabeça até os pés!...
Que lindeza!
Que beleza!
Meus senhores aqui está
A trigueira
Mais faceira
De São João do Sabará!

Coro

A trigueira, etc...

FIGUEIREDO **II**

Diz tolices,
Parvoíces,
Se abre a boca *pra* falar;
Se se cala
Se não fala,
Pode as pedras encantar!
Eu a lanço
Sem descanso!
Na pontíssima estará
A trigueira
Mais faceira
De São João do Sabará!

Coro

A trigueira, etc...

FIGUEIREDO — Minhas senhoras e meus senhores, apresento a Vossas Excelências e Senhorias, dona Fredegonda, que — depois, bem entendido, das damas que se acham aqui presentes — é a estrela mais cintilante do *demimonde* carioca!

TODOS (*Inclinando-se.*) — Dona Fredegonda!

FIGUEIREDO (*Baixo a Benvinda.*) — Cumprimenta.

BENVINDA — *Ó revoá*!

FIGUEIREDO (*Baixo.*) — Não! *Au revoir* é quando a gente vai-se embora e não quando chega.

BENVINDA — *Entonces...*

FIGUEIREDO (*Baixo.*) — Cala-te! Não digas nada!... (*Alto.*) — Convidado pela gentilíssima Lola para comparecer a este forrobodó elegante, não quis perder o magnífico ensejo, que se me oferecia, de iniciar a formosa Fredegonda nos insondáveis mistérios da galanteria fluminense! Espero que Vossas Excelências e Senhorias queiram recebê-la com benevolência, dando o necessário desconto às clássicas emoções da estréia, e ao fato de ser dona Fredegonda uma simples roceira, quase tão selvagem como a princesa etíope que o seu vestuário representa.

TODOS (*Batendo palmas.*) — Bravo! Bravo! Muito bem!

BLANCHETTE (*A Figueiredo.*) — Descanse. A iniciação desta neófita fica por nossa conta. (*Às outras.*) — Não é assim?

DOLORES e MERCEDES — Certamente. (*As três cercam Benvinda, que se mostra muito encafifada.*)

FIGUEIREDO (*Vendo Rodrigues e aproximando-se dele.*) — Oh! Que vejo! Você aqui!... Você, o homem da família, o moralista retórico e sentimental, o palmatória do mundo!...

RODRIGUES — Sim... é que... são coisas... estou aqui por necessidade... por incidente... por uma série de circunstâncias que... que...

FIGUEIREDO — Deixe-se disso! Não há nada mais feio que a hipocrisia! Naquela tarde em que o encontrei no Largo da Carioca, a mulata mostrou-me o seu cartão de visitas...

RODRIGUES — O meu?... Ah! sim, dei-lhe o meu cartão... para...

FIGUEIREDO — Para quê?

RODRIGUES — Para...

FIGUEIREDO — Olhe, cá entre nós que ninguém nos ouve: quer você tomar conta dela?

RODRIGUES — Quê! Pois já se aborreceu?

FIGUEIREDO — Todo o meu prazer é lançá-las, lançá-las e nada mais. Você viu a *Mimi Milontra*?

RODRIGUES — Não.

FIGUEIREDO — Mas sabe o que é lançar uma mulher?

RODRIGUES — Nesses assuntos sou hóspede... você sabe... sempre fui homem da família... mas quer me parecer que lançar uma mulher é como quem diz atirá-la na vida, iniciá-la neste meio...

FIGUEIREDO — Ah! Qui qui! Infelizmente não creio que desta se possa fazer alguma coisa mais que uma boa companheira. É uma mulher que lhe convinha.

RODRIGUES — Mas eu não preciso de companheiras! Sou casado, e, graças a Deus, a minha santa esposa...

FIGUEIREDO (*Atalhando.*) — E o cartão?

RODRIGUES — Que cartão? Ah! Sim, o cartão do Largo da Carioca... Mas eu não me comprometi a coisa nenhuma!

FIGUEIREDO — Bom, então não temos nada feito... mas veja lá! — se quer...

RODRIGUES — Querer, queria... mas não com caráter definitivo!

FIGUEIREDO — Ora vá pentear macacos!

(Às últimas deixas, Eusébio tem entrado, vestido com uma dessas roupas que vulgarmente se chamam de princês. Eusébio aperta a mão aos convidados um por um. Todos se interrogam com os olhos admirados de tão estranho convidado.)

CENA III

Os mesmos, Eusébio

EUSÉBIO (*Depois de apertar a mão a muitos dos circunstantes.*) — *Tá tudo oiando* uns *pros outro*, *admirado* de me *vê* aqui! Eu fui convidado pela madama dona da casa!

BENVINDA (*À parte.*) — *Sinhô* Eusébio!...

FIGUEIREDO (*A quem Eusébio aperta a mão, à parte.*) — Oh! Diabo! É o patrão da Benvinda!...

BLANCHETTE — Donde saiu esta figura?

DOLORES — É um homem da roça!

BLANCHETTE — Não será um doido?

EUSÉBIO (*Indo apertar por último a mão de Benvinda, reconhecendo-a.*) — Benvinda!

BENVINDA — *Ó revoá*!

FIGUEIREDO (*À parte.*) — E ela a dar-lhe!...

EUSÉBIO — Tu também *tá* de fantasia, mulata! O mundo *tá* perdido!...

BENVINDA — Eu vim com seu Figueiredo... mas *vancê* é que me admira!

EUSÉBIO — Eu vim *falá cá* madama *pro mode* seu Gouveia... e ela me convidou *pra* festa... e eu tive que *alugá* esta vestimenta, mas vim de *tilbo*, porque hoje é *sabo* de aleluia e eu não quero embrulho comigo!

FIGUEIREDO (*À parte.*) — Oh! Bom! Foi o seu professor de português!

BENVINDA — Se *sinhá* soubesse...

EUSÉBIO — Cala a boca! Nem *pensá* nisso é *bão*! Mas onde *tá* o *tá* seu Figueiredo? Eu sempre quero *oiá pra* cara dele!

BENVINDA — É aquele.

EUSÉBIO (*Indo a Figueiredo.*) — Pois foi o *sinhô* que me desencaminhou a mulata? O *sinhô*, um *home* branco e que já começa a *pintá*? Agora me *alembro* de *vê* o *sinhô* lá no *hoté* só rondando a porta da gente!...

FIGUEIREDO — Estou pronto a dar-lhe todas as satisfações em qualquer terreno que mas peça... mas há de convir que este lugar não é o mais próprio para...

EUSÉBIO (*Atalhando.*) — Ora viva! Eu não quero satisfação! A mulata não é minha *fia* nem parenta minha! Mas lá em São João do Sabará há um *home* chamado seu *Borge*, que se souber... Um! Um!... É capaz de *vi* na *capitá federá*!

FIGUEIREDO — Pois que venha!...

MERCEDES — Aí chega a Lola!

TODOS — Oh! A Lola!... Viva a Lola!... Viva!...

CENA IV

Os mesmos, Lola

Coro

Até que enfim Lola aparece!
Até que enfim Lola cá está!
Vem tão bonita que entontece!
Lola vem cá! Lola vem já!...

(*Lola entra ricamente fantasiada à espanhola.*)

LOLA Querem todos ver a Lola!
Aqui está ela!

Coro

Aqui está ela!

LOLA Oh, que esplêndida manola
Não há mais bela!

Coro

Não há mais bela!

LOLA Vejam que graça
Tem a manola!
Não é chalaça!
Não é parola!
Não se agita!
Como rebola!
Isto os excita!
Isto os consola!
O olhar brejeiro
De uma espanhola
Do mais matreiro
Transtorna a bola,
E sem pandeiro,
Nem castanhola!

Coro

Vejam que graça, etc... (*Dança geral.*)

FIGUEIREDO — Gentilíssima Lola, permite que Radamés te apresente Aída!

LOLA — Folgo muito de conhecê-la. Como se chama?

BENVINDA — Benv... (*Emendando.*) — *Fredegonda.*

EUSÉBIO (*À parte.*) — Fredegonda? Ué! Benvinda mudou de nome!...

FIGUEIREDO — Espero que lhe emprestes um raio da tua luz fulgurante!

LOLA — Pode contar com a minha amizade.

FIGUEIREDO — Agradece.

BENVINDA — *Merci.*

EUSÉBIO (*À parte.*) — Aí, mulata!...

LOLA (*Vendo Eusébio.*) — Bravo! Não imagina como lhe fica bem essa fatiota!

EUSÉBIO — Diz que é vestuário de conde.

LOLA — Está irresistível!

EUSÉBIO — Só a madama podia me *metê* nestas *funduras*!

BLANCHETTE (*A Lola.*) — Onde foste arranjar aquilo?

LOLA — Cala-te! É um tesouro, um roceiro rico... e primitivo!

BLANCHETTE — Tiraste a sorte grande!

LOLA — Meus amigos, espera-os na sala de jantar um

ponche, um ponche monumental, que mandei preparar no intuito de animar as pernas para a dança e os corações para o amor!

TODOS — Bravo! Bravo!...

FIGUEIREDO — Um ponche! Neste caso, é preciso apagar as luzes!

LOLA — Já devem estar apagadas. (*A Eusébio.*) — Fica. Preciso falar-te.

MERCEDES — Ao ponche, meus senhores!

TODOS — Ao ponche!...

BLANCHETTE (*A Lola.*) — Não vens?

LOLA — Vão indo. Eu já vou. Manda-me aqui algumas taças.

DOLORES — Ao ponche!

Coro

Vamos ao ponche flamejante!
Vamos ao ponche sem tardar!
O ponche aquece um peito amante
E as cordas da alma faz vibrar!

(*Saem todos, menos Eusébio e Lola.*)

CENA V

Eusébio, Lola

LOLA — Oh! finalmente estamos sós um instante!

EUSÉBIO (*Em êxtase.*) — Como a madama *tá* bonita!

LOLA — Achas?

EUSÉBIO — Juro por esta luz que nos *alumeia* que nunca vi uma *muié* tão *fermosa*!...

LOLA — Hei de pedir a Deus que me conserve assim por muito tempo para que eu nunca te desagrade! (*Entra Lourenço com uma bandeja cheia de taças de ponche chamejante.*)

CENA VI

Os mesmos, Lourenço

EUSÉBIO — Adeusinho, seu Lourenço. Como passou de indagorinha *pra* cá?

LOURENÇO (*Imperturbável e respeitoso.*) — Bem; agradecido a Vossa Excelência.

LOLA — Deixe a bandeja sobre esta mesa e pode retirar-se. (*Lourenço obedece e vai a retirar-se.*)

EUSÉBIO — Até logo, seu Lourenço. (*Aperta-lhe a mão.*)

LOURENÇO — Oh! Excelentíssimo! (*Faz uma mesura e sai, lançando um olhar significativo a Lola.*)

LOLA (*À parte.*) — É um bruto!

CENA VII

Lola, Eusébio

EUSÉBIO — Este seu Lourenço é muito delicado. Arruma *incelência* na gente que é um gosto!

LOLA (*Oferecendo-lhe uma taça de ponche.*) — À nossa saúde!

EUSÉBIO — Bebida de fogo? Não! Não é o *fio* de meu pai!

LOLA — Prova, que hás de gostar. (*Eusébio prova.*) Então, que tal? (*Ele bebe toda a taça.*)

EUSÉBIO — *Home*, é muito *bão*! *Cumo* chama isto?

LOLA — Ponche.

EUSÉBIO — Ué! Ponche não é aquela coisa que a gente veste *cando amonta* a cavalo?

LOLA — Aqui tens outra taça.

EUSÉBIO — Isto não faz *má*? Eu não tenho cabeça forte!

LOLA — Podes beber sem receio.

EUSÉBIO — Então à nossa, *pra* que Deus nos livre de alguma coça! (*Bebe.*)

LOLA — Dize... dize que hás de ser meu... dá-me a esperança de ser um dia amada por ti!...

EUSÉBIO — Eu já gosto da madama *cumo* quê!

LOLA — Não digas a madama. Trata-me por tu.

EUSÉBIO — Não me ajeito... pode *sê* que *dispois*...

LOLA — Depois do quê?

EUSÉBIO (*Com riso tolo e malicioso.*) — Ah! Ah!

LOLA (*Dando-lhe outra taça.*) — Bebe!

EUSÉBIO — Ainda?

LOLA — Esgotemos juntos esta taça! (*Bebe um gole e dá a taça a Eusébio.*)

EUSÉBIO — Vou *sabê* dos seus segredo. (*Bebe.*)

LOLA — E eu dos teus. (*Bebe.*) Oh! O teu segredo é delicioso... tu gostas muito de mim... da tua Lola... mas receias que eu não seja sincera... tens medo de que eu te engane...

EUSÉBIO (*Indo a dar um passo e cambaleando.*) — Minha Nossa Senhora! Eu *tou* fora de mim! Parece que *tou* sonhando!... O *tá* ponche tem feitiço... mas é *bão*... é muito *bão*!... Quero mais!

Dueto

LOLA Dize mais uma vez! Dize que me amas!

EUSÉBIO Eu já disse e *arrepito*!

LOLA O coração me inflama!
Vem aos meus braços! Vem!
Assim como eu te amo, ai! Nunca amei ninguém!
Se deste afeto duvidas,

Se me imaginas perjura,
Com essas mãos homicidas
Me cavas a sepultura!
Será o golpe certeiro,
A morte será horrenda!
Tu és o meu fazendeiro!
E eu sou a tua fazenda!

EUSÉBIO Se é moda a bebedeira, *tou* na moda,
Pois veja toda a casa andando à roda!

LOLA Bebe ainda uma taça
Agora pode ser que bem te faça.

EUSÉBIO (*Depois de beber.*)
Não posso mais! (*Atira a taça.*)
Oh, Lola, eu *tou* perdido!

LOLA Vem cá, meu bem querido!

Juntos

LOLA	EUSÉBIO
Vem aos meus braços!	*Tou* nos seus braços!
Eusébio, vem	Aqui me tem!
Os meus abraços	Mas os *abraço*
Te fazem bem!	Não me *faz* bem!

EUSÉBIO — Oh! *Sou cuma* fogueira aqui dentro! Mas é tão *bão*! (*Abraçando Lola.*) — Lola, eu sou teu... só teu... faz de mim o que tu *quiser*, minha negra!

LOLA — Meu? Isso é verdade? Tu és meu? Meu?

EUSÉBIO — Sim, sou teu! *Tá* aí! E agora? Sou teu e de mais ninguém...

LOLA — Então, esta casa é tua! És o meu senhor, o meu dono, e como tal quero que todos te reconheçam! (*Indo à porta e batendo palmas.*) — Eh! Olá! Venham todos!... venham todos! (*Música na orquestra.*)

CENA VIII

(*Todos os personagens do ato.*)

Final

Coro

Lola nos chama!
Que aconteceu?
Que nos quer Lola?
Que sucedeu?

LOLA
Meus amigos, desejo neste instante
Apresentar-lhes o meu novo amante!
Ele aqui está! Eu o amo e ele me ama.

EUSÉBIO — Sim! Aqui está o *home* da madama!

TODOS — Ele!... *(Admiração geral.)*

LOLA
És o meu novo dono!
Pode dizer-me: És minha!
É teu, é teu somente
O meu sincero amor!
Eu dava-te o meu trono
Se fosse uma rainha!
Tu, exclusivamente,
És hoje o meu senhor!

EUSÉBIO
Sou eu seu novo dono!

Posso dizer: É minha!
É meu unicamente
O seu sincero *amô*!
Por ela eu me apaixono!
A Lola é bonitinha!
Eu, exclusivamente,
Sou hoje o seu *sinhô*!

LOLA És o meu novo dono! etc...

Coro

Eis o seu novo dono!
Pode dizer: É minha!
É dele unicamente
O seu sincero amor!
Gostar assim de um mono
É sorte bem mesquinha!
Ele, exclusivamente,
É hoje o seu senhor!...

FIGUEIREDO (*A Eusébio.*)
Nossos cumprimentos,
Meu amigo, aos centos
Queira receber!
E como hoje é trunfo,
Levado em triunfo
Agora vai ser!

(*Figueiredo e Rodrigues carregam Eusébio. Organiza-se uma pequena marcha, que faz uma volta pela cena, levando o fazendeiro em triunfo.*)

Coro

Viva! Viva o fazendeiro

Bonachão e prazenteiro
Que de um peito bandoleiro
Os rigores abrandou,
Conquistando a linda Lola,
Essa esplêndida espanhola
Que o país da castanhola
Generoso nos mandou!

(*Eusébio é posto sobre uma mesa ao centro da cena.*)

EUSÉBIO Obrigado!
Obrigado!
Mas eu *tô* muito chumbado!
Vejo tudo dobrado!

LOLA Dancem! Dancem! Tudo dance!
Ninguém canse
No cancã,
Pois quem se acha aqui presente
Tudo é gente
Folgazã!

Coro

Sim! Dancemos! — Tudo dance!
Ninguém canse
No cancã,
Pois quem se acha aqui presente
Tudo é gente
Folgazã!

(*Cancã desenfreado em volta da mesa.*)

Pano

Quadro VIII

(*A saleta de Lola.*)

CENA I

Eusébio, Lola

(Eusébio, ridiculamente vestido à moda, prepara um enorme cigarro mineiro. Lola, deitada no sofá, lê um jornal e fuma.)

EUSÉBIO — Isto *tá* o diabo! Não sei de dona Fortunata... não sei de Quinota... não sei de Juquinha... não sei de seu Gouveia... Não tenho *corage* de *entrá* em casa!... Se eu me confessar, não encontro um padre que me *absorva*!... — Lola, Lola, que diabo de feitiço foi este?... Tu *fez* de mim o que tu bem *quis*!

LOLA — Estás arrependido?

EUSÉBIO — Não, arrependido, não *tou*, porque a coisa não se pode *dizê* que não *seje* boa... Mas minha pobre *muié* deve *está* furiosa!... E então quando ela me *vi* assim, todo janota, *co*'esta roupa de *arfaiate* francês, feito *monsiú* da Rua do *Ouvidô*... Oh! Lola! Lola! As *muié é* os *tormento* dos *home*!... (*Lola que se tem levantado e que tem ido, um tanto inquieta, até à porta da esquerda, volta ao proscênio e vem encostar-se ao ombro de Eusébio.*)

LOLA — O tormento! Oh! Não!...

Coplas

I

Meu caro amigo, esta vida
Sem a mulher nada val!
É sopa desenxabida,
Sem uma pedra de sal!
Se a dor torna um homem triste,
Tem ele cura, se quer;
A própria dor não resiste
Aos beijos de uma mulher!

II

Ao lado meu, queridinho,
Serás ditoso e feliz;
Terás todo o meu carinho,
É o meu amor que to diz.
Se tu me amas como eu te amo,
Se respondes aos meus ais,
Nada mais de ti reclamo,
Não te peço nada mais!

EUSÉBIO — Mas... me diz uma coisa, diabo, fala tua verdade... Tu *tá* inteiramente curada de seu Gouveia?

LOLA — Não me fales mais nisso! Foi um sonho que passou. (*Pausa.*) A propósito de sonho... foste ver na vitrine do Luís de Rezende o tal broche com que eu sonhei?

EUSÉBIO (*Coçando a cabeça.*) — Fui... sabe quanto custa?

LOLA (*Com indiferença.*) — Sei... uma bagatela... um conto e oitocentos... (*Sobe e vai de novo observar à porta da esquerda.*)

EUSÉBIO (*À parte.*) — Sim, é uma bagatela... a espanhola gosta de mim, é verdade, mas em tão poucos dias já me custa cinco contos de réis! E agora o *colá*!...

LOLA (*À parte.*) — Que demora! (*Alto, descendo.*) — Mas enfim? O colar? Se é um sacrifício, não quero!

EUSÉBIO — O *home* ficou de *fazê* um abatimento e me *mandá* a resposta.

LOLA (*À parte.*) — É meu!

EUSÉBIO — Se ele *deixá* por um conto e *quinhento*, compro! Não dou nem mais um vintém.

LOLA (*À parte.*) — Sobem a escada. É ele!...

EUSÉBIO — Parece que vem gente. (*Batem com força à porta.*) — Quem é?

LOLA — Deixa. Eu vou ver. (*Vai abrir a porta. Lourenço entra arrebatadamente. Traz óculos azuis, barbas postiças, chapéu desabado e veste um sobretudo com a gola erguida. Lola finge-se assustada.*)

CENA II

Os mesmos, Lourenço

LOURENÇO — Minha rica senhora, folgo de encontrá-la!

EUSÉBIO — Que é isto?

LOURENÇO — Fui entrando para não lhe dar tempo de me mandar dizer que não estava em casa! É esse o seu costume!

LOLA — Senhor!

EUSÉBIO — Quem é este *home* danado?

LOURENÇO — Quem sou?... Um credor que quer o seu dinheiro! Quer saber também quem é esta senhora? Quer saber? É uma caloteira!

LOLA — Que vergonha! (*Cai sentada e cobre o rosto com as mãos.*)

EUSÉBIO — O *sinhô* é um grande *marcriado*! Não se *insurta* assim uma fraca *muié* que está em sua casa! Faça *favô* de *saí*!...

LOURENÇO — Sair? Eu não saio daqui sem o meu rico dinheiro! O senhor, que tem cara de homem sério, naturalmente há de julgar que sou um grosseirão, um bruto; mas não imagina a paciência que tenho tido até hoje! (*Batendo com a bengala no chão.*) Venho disposto a receber o meu dinheiro!...

EUSÉBIO — Mas dinheiro de quê?

LOURENÇO — De quê? Como de quê?... Dinheiro que me deve esta senhora! Dinheiro limpo, que me pediu há quatorze meses para pagar no fim de trinta dias!...

LOLA (*Descobrindo o rosto muito chorosa.*) — Com juros de sessenta por cento ao ano!

LOURENÇO — Eu dispenso os juros! Isto prova que não sou nenhum agiota! O que eu quero, o que eu exijo, é o meu capital, os meus dois contos de réis, que me saíram limpinhos da algibeira e seriam quase o dobro com juros acumulados!

LOLA (*Suplicante.*) — Senhor, eu pagarei esse dinheiro

logo que puder... Poupe-me tamanha vergonha diante deste cavalheiro que estimo e respeito!

LOURENÇO — Ora, deixe-se de partes! Se a senhora não se quisesse sujeitar a estas cenas, solveria os seus compromissos! Mas não passa, já disse, de uma reles caloteira!...

EUSÉBIO — *Home*, o *sinhô arrepare* que eu *tou* aqui! Faça *favô* de *vê* como fala! ...

LOURENÇO — Quem é o senhor? É marido desta senhora? É seu pai? É seu tio? É seu padrinho? É seu irmão? É seu parente? Com que direito intervém? Eu tenho ou não tenho razão? Fui ou não fui caloteado?

EUSÉBIO — *Home*, o *sinhô* se cale! Olhe que eu sou mineiro!

LOURENÇO — Não me calo, ora aí está! E declaro que não me retiro daqui sem estar pago e satisfeito! (*Senta-se.*)

EUSÉBIO — Seu *home*, olhe que eu...!

LOURENÇO (Erguendo-se.) — Eh! lá! Eh! lá! Agora sou eu que lhe digo que se cale! O senhor não tem o direito de abrir o bico!...

LOLA (*Chorando.*) — Que vergonha! Que vergonha!

EUSÉBIO (*À parte.*) — Coitadinha!...

LOURENÇO — A princípio supus que o senhor fosse o amante desta senhora. Vejo que me enganei ... Se o fosse, já teria pago por ela, e não consentiria que eu a insultasse!...

EUSÉBIO — Hein?

LOLA (*Erguendo-se e correndo a Eusébio.*) — Não! Não! Sou eu que não consinto que tu pagues!... Não! Não tires a carteira! Eu mesma pagarei essa dívida!

LOURENÇO — Mas há de ser hoje, porque eu não me levanto desta cadeira! (*Torna a sentar-se.*)

EUSÉBIO — Mas eu...

LOLA — Não! Não pagues! Esse dinheiro pedi-o para mandá-lo à minha mãe, que está em Valladolid... Eu é que devo pagá-lo (*Voltando suplicante para Lourenço.*) ... mas não hoje!...

LOURENÇO (*Batendo com a bengala.*) — Há de ser hoje!...

LOLA — Não posso! Não posso!...

LOURENÇO — Não pode?... Dê-me esse par de bichas que traz nas orelhas e ficarei satisfeito!

LOLA — Estas bichas custaram três contos!

LOURENÇO — São os juros.

LOLA — Pois bem! (*Vai a tirar as bichas.*)

EUSÉBIO (*Pegando-lhe no braço.*) — Não tira as *bicha*, Lola!... (*Ao credor.*) — Seu desgraçado, não tenho dois conto aqui no *bôrço*, mas me acompanha na casa do meu correspondente, na Rua de São Bento... vem *recebê* o teu *mardito* dinheiro!

LOURENÇO (*Batendo com a bengala.*) — Já disse que daqui não saio!

LOLA (*Abraçando Eusébio.*) — Não, Eusébio, meu querido Eusébio! Não!...

EUSÉBIO (*Sem dar ouvidos a Lola.*) — Pois não sai, não sai, desgraçado! (*Desvencilhando-se de Lola.*) Espera aí sentado, que eu vou *buscá* teu dinheiro! *(Sai arrebatadamente. Lola, depois de certificar-se de que ele realmente saiu, volta, e desata a rir às gargalhadas. Lourenço levanta-se, tira os óculos, as barbas e o chapéu, e também ri às gargalhadas.*)

CENA III

Lola, Lourenço

LOLA — Soberbo! Soberbo! Foi uma bela idéia! Toma um beijo! (*Dá-lhe um beijo.*)

LOURENÇO — Aceito o beijo, mas olhe que não dispenso os vinte por cento.

LOLA — Naturalmente.

LOURENÇO — Você há de convir que sou um grande artista!

LOLA — E então eu?

LOURENÇO — Você também, mas se eu me houvesse feito cômico em vez de me fazer cocheiro, estava a estas horas podre de rico!

Tango

I

Ai! Que jeito *pro* teatro!
Que vocação!
Eu faria o diabo a quatro
Num dramalhão!
Mas às rédeas e ao chicote
Jungido estou!
Sou cocheiro de cocote!
Nada mais sou!
Cumprir o nosso destino
Nem eu quis nem você quis!
Fui ator desde menino
E você foi sempre atriz!

II

Quando eu era mais mocinho
(Posso afiançar!)
Fiz furor num teatrinho
Particular!
Talvez outro João Caetano
Se achasse em mim.
Mas o fado desumano
Não quis assim!
Cumprir o nosso destino, etc...

LOLA — Mas por que não acompanhaste o fazendeiro? Era mais seguro!

LOURENÇO — Pois eu lá me atrevia a andar por essas ruas de barbas postiças! Nada, que não queria dar com os ossos no xadrez!

LOLA — Tens agora que esperar aqui a pé firme!

LOURENÇO — Estou arrependido de ter perdoado os juros. (*Batem à porta.*)

LOLA — Quem será?

LOURENÇO (*Depois de espreitar.*) — É o filho-família.

LOLA — Ah! O tal Duquinha? Tomaste as necessárias informações? Que me dizes desse petiz?

LOURENÇO (*Abanando a cabeça com ares de competência.*) — Digo que no seu gênero não deixa de ser aproveitável... O pai é muito severo, mas a mãe, que é rica, satisfaz todos os seus caprichos... Não digo que você possa esperar dali mundos e fundos, mas é fácil obrigá-lo a contrair dívidas, se for preciso, para dar alguns presentes, e ouro é o que ouro vale.

LOLA — Manda-o entrar.

LOURENÇO — Não se demore muito, porque o fazendeiro foi a todo o vapor e não tarda aí.

LOLA — Temos tempo. A Rua de São Bento é longe. (*Sai. Lourenço tira o sobretudo, a que junta as barbas, os óculos e o chapéu, e vai abrir a porta a Duquinha.*)

CENA IV

Duquinha, Lourenço

(*Duquinha tem 18 anos e é muito tímido.*)

DUQUINHA — A senhora dona Lola está em casa?

LOURENÇO (*Muito respeitoso.*) — Sim, meu senhor... e pede a V. Exa. que tenha o obséquio de esperar alguns instantes.

DUQUINHA — Muito obrigado. (*À parte.*) — É o cocheiro... não sei se deva...

LOURENÇO — Como diz V. Exa.?

DUQUINHA — Se não fosse ofendê-lo, pedia-lhe que aceitasse... (*Tira a carteira.*)

LOURENÇO — Oh! Não!... Perdoe V. Exa... não é orgulho; mas que diria a patroa se soubesse que eu....

DUQUINHA — Ah! Nesse caso... (*Guarda a carteira.*)

LOURENÇO (*Que ia sair, voltando.*) — Se bem que eu estou certo que V. Exa. não diria nada à senhora dona Lola...

DUQUINHA (*Tirando de novo a carteira.*) — Ela nunca o saberá. (*Dá-lhe dinheiro.*)

LOURENÇO — Beijo as mãos de V. Exa. A senhora dona Lola é tão escrupulosa! (*À parte.*) — Uma de trinta! O franguinho promete... (*Sai com muitas mesuras, levando o sobretudo e demais objetos.*)

CENA V

DUQUINHA — Estou trêmulo e nervoso... É a primeira vez que entro em casa de uma destas mulheres... Não pude resistir!... A Lola é tão bonita, e o outro dia, no Braço de Ouro, me lançou uns olhares tão meigos, tão provocadores, que tenho sonhado todas as noites com ela! Até versos lhe fiz, e aqui lhos trago... Quis comprar-lhe uma jóia, mas receoso de ofendê-la, comprei apenas estas flores... Ai, Jesus! ela aí vem! Que lhe vou dizer?...

CENA VI

Duquinha e Lola

LOLA — Não me engano: é o meu namorado do Braço de Ouro! (*Estendendo-lhe a mão.*) Como tem passado?

DUQUINHA — Eu... sim... bem, obrigado; e a senhora?

LOLA — Como tem as mãos frias!

DUQUINHA — Estou muito impressionado. É uma coisa esquisita: todas as vezes que fico impressionado... fico também com as mãos frias...

LOLA — Mas não se impressione! Esteja à sua vontade! Parece que não lhe devo meter medo!

DUQUINHA — Pelo contrário!

LOLA (*Arremedando-o.*) — Pelo contrário! (*Outro tom.*) São minhas essas flores?

DUQUINHA — Sim... eu não me atrevia... (*Dá-lhe as flores.*)

LOLA — Ora essa! Por quê? (*Depois de aspirá-las.*) Que lindas são!

DUQUINHA — Trago-lhe também umas flores... poéticas.

LOLA — Umas quê?...

DUQUINHA — Uns versos.

LOLA — Versos? Bravo! Não sabia que era poeta!

DUQUINHA — Sou poeta moderno, decadente...

LOLA — Decadente? Nessa idade?

DUQUINHA — Nós somos todos muito novos.

LOLA — Nós quem?

DUQUINHA — Nós, os decadentes. E só podemos ser compreendidos por gente da nossa idade. As pessoas de mais de trinta anos não nos entendem.

LOLA — Se o senhor se demorasse mais algum tempo, arriscava-se a não ser compreendido por mim.

DUQUINHA — Se dá licença, leio os meus versos. (*Tirando um papel da algibeira.*) Quer ouvi-los?

LOLA — Com todo o prazer.

DUQUINHA (*Lendo.*)

Ó flor das flores, linda espanhola,
Como eu te adoro, como eu te adoro!
Pelos teus olhos, ó Lola! Ó Lola!
De dia canto, de noite choro,
Linda espanhola, linda espanhola!

LOLA — Dir-se-á que o trago de canto chorado!

DUQUINHA — Ouça a segunda estrofe!

És uma santa, santa das santas!
Como eu te adoro, como eu te adoro!
Meu peito enlevas, minh'alma encantas!
Ouve o meu triste canto sonoro,
Santa das santas, santa das santas!

LOLA — Santa? Eu!... Isto é que é liberdade poética!

DUQUINHA — A mulher amada pelo poeta é sempre santa para ele! Terceira e última estrofe...

LOLA — Só três ? Que pena!

DUQUINHA (*Lendo.*)

Ó flor das flores! Bela andaluza!
Como eu te adoro, como eu te adoro!
Tu és a minha pálida musa!
Desses teus lábios um beijo imploro,
Bela andaluza, bela andaluza!

LOLA — Perdão, mas eu não sou da Andaluzia; sou de Valladolid.

DUQUINHA — Pois há espanholas bonitas que não sejam andaluzas?

LOLA — Pois não! O que não há são andaluzas bonitas que não sejam espanholas.

DUQUINHA — Hei de fazer uma emenda.

LOLA — E que mais?

DUQUINHA — Como?

LOLA — O senhor trouxe-me flores... trouxe-me versos... e... não me trouxe mais nada?

DUQUINHA — Eu?

LOLA — Sim... Os versos são bonitos... as flores são cheirosas... mas há outras coisas de que as mulheres gostam muito.

DUQUINHA — Uma caixinha de *marrons glacés*?

LOLA — Sim, não digo que não... é uma boa gulodice... mas não é isso...

DUQUINHA — Então que é?

LOLA — Faça favor de me dizer para que se inventaram os ourives.

DUQUINHA — Ah! Já percebo... Eu devia trazer-lhe uma jóia!

LOLA — Naturalmente. As jóias são o "Sésamo, abre-te" destas cavernas de amor.

DUQUINHA — Eu quis trazer-lhe uma jóia, quis; mas receei que a senhora se ofendesse...

LOLA — Que me ofendesse?... Oh! Santa ingenuidade!... Em que é que uma jóia me poderia ofender? Querem ver que o meu amiguinho me toma por uma respeitável mãe de família? Creia que um simples grampo de chapéu, com um bonito brilhante, produziria mais efeito que todo esse:

Como te adoro, como te adoro!
Linda espanhola, linda espanhola,
Santa das santas, santa das santas!

DUQUINHA — Vejo que não lhe agrada a escola decadente...

LOLA — Confesso que as jóias exercem sobre mim uma fascinação maior que a literatura; e demais, não sou mulher a quem se ofereçam versos... Vejo que o senhor não é da opinião de Bocage...

DUQUINHA — Oh! Não me fale em Bocage!

LOLA — Que mania essa de não nos tomarem pelo que somos realmente! Guarde os seus versos para as donzelinhas sentimentais, e, ande, vá buscar o "Sésamo, abre-te" e volte amanhã. (*Empurra-o para o lado da porta. Entra Lourenço.*)

DUQUINHA — Mas...

LOLA — Vá, vá! Não me apareça aqui sem uma jóia. (*A Lourenço.*) — Lourenço, conduza este senhor até a porta. (*Sai pela direita.*)

DUQUINHA — Não, não é preciso, não se incomode. (*À parte.*) — Vou pedir dinheiro a mamãe. (*Sai.*)

CENA VII

LOURENÇO — Às ordens de V. Exa. (*Só.*) — A Lola saiu-me uma artista de primeiríssima ordem! Bem, vou caracterizar-me de credor, que o fazendeiro não tarda por aí. Quatrocentos mil-réis cá para o degas! Que bom! Hão de grelar esta noite no Belódromo, onde conto organizar uma mala onça! (*Sai cantarolando o tango. Mutação.*)

Quadro IX

(*No Belódromo Nacional.*)

CENA I

Lemos, Guedes, um Freqüentador do Belódromo, pessoas do povo, depois amadores, depois S'il-vou-plaît, depois Lourenço

(Durante todo este ato, ouve-se a intervalos o som de uma sineta que chama os compradores à casa das pules, à esquerda, e uma voz que grita: "Vai fechar!")

Coro

Não há nada como
Vir ao Belódromo!
São estas corridas
Muito divertidas!
Desgraçadamente
Muito raramente
O povo, coitado!
Não é cá roubado!
Mas o cabeçudo,
Apesar de tudo,
Pules vai comprando,
Sempre protestando!
Tipos aqui pisam,
Mestres em cabalas,
E elas organizam

As famosas malas!
E com artimanha
(Manha mais do que arte)
Quase sempre ganha
Pífio bacamarte! (*Entrada dos amadores.*)

Coro de amadores

Aqui estamos os melhores
Amadores
Da elegante bicicleta!
Nós corremos, prazenteiros,
Mais ligeiros.
Mais velozes que uma seta!
A todo o público
Dos belódromos
Muito simpáticos
Se diz que somos.
O povo aplaude-nos
Quando vencemos,
Mas também vaia-nos
Quando perdemos!
Aqui estamos os melhores, etc...

O FREQÜENTADOR do Belódromo (*A Lemos e Guedes.*) — Parece impossível!... No páreo passado joguei no número 17 por ser a data em que minha mulher morreu, e, por causa das dúvidas, joguei também no número 18, por ser a data em que ela foi enterrada... e ganhou o número 19! Parece impossível!...

LEMOS — É verdade! Parece! (*A Guedes.*) — Você já viu velho mais cabuloso?

O FREQÜENTADOR — Agora vou jogar no 25... Não pode falhar, porque a sepultura dela tem o número 525.

GUEDES — É... é isso... vá comprar, vá.

O FREQÜENTADOR — Vou jogar uma em primeiro e duas em segundo. (*Afasta-se para o lado da casa das pules.*)

LEMOS — E que me dizes a esta, ó Guedes? O S'il-vous-plaît foi arranjar tudo, e do Lourenço nem novas nem mandados!

GUEDES — Quem sabe se ele teve de levar Lola de carro a algum teatro?...

LEMOS — Qual! Não creias! Pois se ele é um cocheiro que faz da patroa o que bem quer!...

GUEDES — Está só pelo diabo! Uma mala segura, não há dinheiro para o jogo!... Olha, aqui está de volta o S'il-vous-plaît.

S'IL-VOUS-PLAÎT (*Aproximando-se, vestido de corredor.*) — Venho da pista. Está tudo combinado.

LEMOS — Sim, mas ainda não temos o melhor! O caixa da mala não aparece!

S'IL-VOUS-PLAÎT — Que diz você? Pois o Lourenço...

GUEDES — O Lourenço até agora!

LOURENÇO (*Aparecendo entre eles.*) — Que estão vocês aí a falar do Lourenço?

Os TRÊS — Ora graças!...

LOURENÇO — Vocês sabem que eu sou de palavra... Quando digo que venho é porque venho!

LEMOS — Estávamos sobre brasas!

LOURENÇO — Já estão vendendo?

GUEDES — Há que tempos!

S'IL-VOUS-PLAÎT — Já se fez a segunda apregoação.

LOURENÇO — O que está combinado?

S'IL-VOUS-PLAÎT — Ganha o *Menelik.*

LOURENÇO — O *Félix Faure* não corre?

S'IL-VOUS-PLAÎT — Corre.

LOURENÇO — Se tiver boa máquina, pode ganhar sem querer.

S'IL-VOUS-PLAÎT — Está combinado que ele cairá na quinta volta.

LOURENÇO — Quantas voltas são?

S'IL-VOUS-PLAÎT — Oito.

LOURENÇO — Quem mais corre?

S'IL-VOUS-PLAÎT — O *Garibaldi,* o *Carnot* e o *Colibri.*

LOURENÇO — Que *Colibri* é esse?

S'IL-VOUS-PLAÎT — É um pequenote... um bacamarte... não vale nada... nem eu o meti na combinação!

LOURENÇO — Os outros quatro quanto recebem?

S'IL-VOUS-PLAÎT — Quinze mil-réis cada um.

LOURENÇO — E dez por cento dos lucros para vocês três... Bom. (*Dando dinheiro a Lemos.*) — Tome, seu Lemos: vá comprar dez pules... (*Dando dinheiro a Guedes.*) — Tome, seu Guedes: compre outras dez... Vá cada um por sua vez, para disfarçar... Senão, o rateio não dá para o buraco de um dente! Eu compro três cheques. Vamos. (*Afastam-se todos.*)

CENA II

Benvinda, Figueiredo

BENVINDA — Me deixe! Já *le* disse que não quero mais *sabê* do *sinhó*!

FIGUEIREDO — Por quê, rapariga?

BENVINDA — O *sinhô co'essa* mania de *querê* me *lançá* é um cacete *insuportave*! *Tá* sempre me dando lição e *raiando* comigo! *Pra* isso eu não *percisava* saí de casa de *sinhô* Eusébio!

FIGUEIREDO — Mas é para o teu bem que eu...

BENVINDA — *Quais pera* meu bem nem *pera* nada! Hei de *encontrá* quem me queira mesmo falando *cumo* se fala na roça!

FIGUEIREDO — Estás bem aviada!

BENVINDA — Eu *mesmo* posso me *lançá* sem *percisar* do *sinhô*!

FIGUEIREDO — Oh! Mulher, olha que tu não tens nenhuma experiência do mundo. És uma tola... uma ignorantona... não sabes o que é a capital federal!

BENVINDA — Como o sinhô se engana! Eu já *tou meia* capitalista-federalista!

FIGUEIREDO — Bom, tu'alma, tua palma! Estou com a minha consciência tranqüila. Mas vê lá: se algum dia precisares de mim, procura-me.

BENVINDA — *Merci!* (*Vai-se afastando.*)

FIGUEIREDO — Adeus, Fredegonda!

BENVINDA (*Parando.*) — Que Fredegonda! Assim é que o *sinhô* me *lançô*! Me deu logo um nome tão feio que toda a gente se ri quando *ouve ele*!

FIGUEIREDO — É porque não sabem a história! Fredegonda foi uma rainha... era casada com Chilperico...

BENVINDA — Pois eu por minha desgraça não sou casada nem com seu *Borge*. *Ó revoá*. (*Afasta-se.*)

FIGUEIREDO (*Só.*) — No fundo, estou satisfeito, porque decididamente não havia meio de fazer dela alguma coisa... Parece que vai chover... mas agora vou assistir à corrida. (*Afasta-se.*)

CENA III

Lourenço, Lemos, Guedes, depois o Freqüentador do Belódromo

LOURENÇO — Bom! Venham as pules. (*Lemos e Guedes entregam as pules que ele guarda.*)

LEMOS — A mala não transpirou. *Félix Faure* é o favorito.

GUEDES — Queira Deus que o S'il-vous-plaît não dê com a língua nos dentes!

O FREQÜENTADOR (*Voltando.*) — Comprei no 25... Mas agora me lembro... somando o número da sepultura dá a soma de 12; 5 e 2-7; e 5-12. Ora 12 e 12 são 24.

LEMOS — 24 é o tal *Colibri.* Não deite o seu dinheiro fora!

O FREQÜENTADOR — Aceito o conselho... Já cá tenho o 25... e não pode falhar! O diabo é que parece que vai chover. O tempo está muito entroviscado! (*Afasta-se.*)

LOURENÇO (*Que tem estado a calcular.*) — Se o *Félix Faure* é o favorito, o *Menelik* não pode dar menos de sete mil-réis.

GUEDES — Para cima!

LOURENÇO — Separemo-nos. Creio que a diretoria já nos traz de olho... No fim da corrida esperá-los-ei no lugar do costume para a divisão dos *lúcaros*. Até logo!

LEMOS e GUEDES — Até logo. (*Afastam-se. Benvinda volta passeando.*)

CENA IV

Lourenço e Benvinda

LOURENÇO (*Consigo.*) — Estes malandrestes ganham pela certa... não arriscam um nicolau... (*Vendo Benvinda.*) — Não me engano: é a celeste Aída do sábado de aleluia... Reconhecerá ela na minha fisolostria o cocheiro da Lola? Vejamos! (*Passa e acotovela Benvinda.*) — Adeus, coração dos outros!

BENVINDA — Vá passando seu caminho e não bula *c'a* gente!

LOURENÇO — Tão zangada, meu Deus!

BENVINDA — Que deseja o *sinhô*?

LOURENÇO — Pelo menos saber onde mora.

BENVINDA — Moro na rua das *casa*.

LOURENÇO — Não seja má! Bem sei que é aqui mesmo na Rua do Lavradio.

BENVINDA — Quem *le* disse?

LOURENÇO — Ninguém. Fui eu que lhe vi na janela.

BENVINDA — Pois não vá lá que não lhe *arrecebo*!

LOURENÇO — Por que não me *arrecebe*, *marvada*?

BENVINDA — Vou *sê* franca... Só *arrecebo* quem *quisé* me *tirá* desta vida. Não nasci *pra* isto. Quero *vivé* em família.

LOURENÇO — Ah, seu benzinho! Isso é que não pode ser! Hoje em dia não é possível viver em família!

BENVINDA — Por quê?

LOURENÇO — Por quê? Ainda me perguntas, amor?

Coplas

I

LOURENÇO Já não se encontra casa decente,
Que custe apenas uns cem mil-réis,
E os senhorios constantemente
O preço aumentam dos aluguéis!
Anda o povinho muito inquieto,
E tem — pudera — toda a razão;
Não aparece nenhum projeto
Que nos arranque desta opressão!
Um cidadão neste tempo
Não pode andar amarrado...
A gente vê-se, e adeusinho:
Cada um vai *pro* seu lado!

II

Das algibeiras some-se o cobre,
Como levado por um tufão!
Carne de vaca não come o pobre,
E qualquer dia não come pão!
Fósforos, velas, couve, quiabos,
Vinho, aguardente, milho, feijão,
Frutas, conservas, cenouras, nabos,
Tudo se vende *p'rum* dinheirão!
Um cidadão neste tempo, etc...

BENVINDA — Tenho sede, venha *pagá* um copo de cerveja.

LOURENÇO — Com muito gosto, mas da Babilônia, que as alamoas estão pela hora da morte!

BENVINDA — *Vamo*.

LOURENÇO — Como você se chama, seu benzinho?

BENVINDA — Artemisa.

LOURENÇO — Que bonito nome! Vamos ali no botequim do Lopes. (*Saem.*)

CENA V

Eusébio, Lola, Mercedes, Dolores, Blanchette, depois Figueiredo

(*Eusébio entra no meio das mulheres; traz o chapéu atirado para a nuca, e um enorme charuto. Vêm todos alegres. Acabaram de jantar e lembraram-se de dar uma volta pelo Belódromo.*)

EUSÉBIO — Não, Lola! Tu hoje *há* de me *deixá i pra* casa! Dona Fortunata deve *está* furiosa!

LOLA — Que dona Fortunata nem nada!

MERCEDES — Havemos de acabar a noite num gabinete do Munchen!

DOLORES — Não o deixamos!

BLANCHETTE — Está preso!... E, demais, vamos ter chuva!

EUSÉBIO — Na chuva já *tou* eu, se não me engano. Aquele vinho é *bão*, mas é *veiaco*!

FIGUEIREDO (*Aproximando-se.*) — Olá! viva a bela sociedade!

LOLA — Olha quem ele é! O Figueiredo!

MERCEDES — O Radamés!

DOLORES — Você no Belódromo?

FIGUEIREDO — Por mero acaso... Não gosto disto... No Rio de Janeiro não há divertimentos que prestem! Não temos nada, nada!

EUSÉBIO (*Num tom magoado.*) — Como vai a Fredegonda, seu Figueiredo?

FIGUEIREDO — A Fredegonda já não é Fredegonda!

TODOS — Ah!...

FIGUEIREDO — Tornou a ser Benvinda, como antigamente. Deixou-me!

TODOS — Deixou-o?

FIGUEIREDO — Deixou-me, e anda à procura de alguém que saiba lançá-la melhor do que eu!

EUSÉBIO — Ué!

FIGUEIREDO — Deve estar aqui no Belódromo... Acompanhei-a até cá para pedir-lhe que tivesse juízo, mas a sua resolução é inabalável... Pobre rapariga!...

EUSÉBIO (*Muito comovido, para o que concorre o vinho que bebeu.*) — Coitada da Benvinda!... Podia *tá* casada e agora... anda atirada por aí como uma coisa à-toa... sem ninguém que tome conta dela... (*Com lágrimas na voz.*) Coitada!... Não *façum* caso... Eu *vi ela* pequena... nasceu e cresceu lá em casa... (*Chorando.*) Minha *fia* mamou o leite da mãe dela!

TODOS — Que é isso?! Chorando?! Ora esta!...

EUSÉBIO (*Com soluços.*) — Que chorando que nada! Já passou!... Não foi nada!... Que *qué* vocês! Mineiro tem muito coração!...

TODOS — Vamos, lá! Que é isso? Então?...

LOLA — Há de passar. São efeitos do Chambertin! — Eusébio, ande... então?... Vá comprar umas pules para tomar interesse pela corrida.

EUSÉBIO — Eu não entendo disso!

FIGUEIREDO — Escolha um nome daqueles. Olhe, ali, na pedra... *Ligúria, Carnot, Menelik, Colibri* e *Félix Faure.*

EUSÉBIO — *Colibri!* Eu quero *Colibri!*

FIGUEIREDO — Ouvi dizer que não vale nada... É o que aqui chamam um bacamarte... Não lhe sorri nenhum dos presidentes da República Francesa?

EUSÉBIO — Não *sinhô*, não quero outro! *Colibri* é o nome de um jumento que tenho lá na fazenda.

DOLORES, MERCEDES e BLANCHETTE (*Ao mesmo tempo.*) — Não faça isso! Se é bacamarte, não presta! É dinheiro deitado fora!

LOLA — Deixem-no lá! É um palpite! Vá comprar cinco pules naquele guichê.

EUSÉBIO — Naquele quê?

FIGUEIREDO — Naquele buraco.

EUSÉBIO — *Canto* custa?

FIGUEIREDO — Cinco pules são dez mil-réis.

EUSÉBIO — Mas como se faz?

FIGUEIREDO — Estenda o braço, meta o dinheiro dentro do buraco, abra a mão, e diga: "*Colibri*".

EUSÉBIO — Sim, *sinhô*. (*Afasta-se.*)

FIGUEIREDO — Pois é o que lhes conto: estou livre como o lindo amor!

MERCEDES — Se me quiser tomar sob a sua valiosa proteção...

DOLORES — Se quiser fazer a minha ventura...

BLANCHETTE — Se me quiser lançar...

LOLA — Vocês estão a ler! Ele só gosta de...

FIGUEIREDO (*Atalhando.*) — De trigueiras! Eu digo trigueiras por ser menos rebarbativo... Acho que as brancas são encantadoras, apetitosas, adoráveis, lindíssimas, mas, que querem? — tenho cá o meu gênero...

MERCEDES — Isso é um crime!

DOLORES — Devia ser preso!

BLANCHETTE — Deportado!

LOLA — Sim, deportado... para a Costa da África!...

Quinteto

LOLA — Figueiredo, eu cá sou franca;
Estou com pena de você!

As OUTRAS — Nós temos pena de você!

FIGUEIREDO — Façam favor, digam por quê!

LOLA — Por não gostar da mulher branca!

As OUTRAS — Por não gostar da mulher branca!

FIGUEIREDO — Meu Deus! Deveras?
Por isso só?

TODAS — Somos sinceras!
Causa-nos dó!

FIGUEIREDO — Oh! oh! oh! oh!

TODAS — Oh! oh! oh!

I

LOLA — Pele cândida e rosada,
Cetinosa e delicada
Sempre teve algum valor!

FIGUEIREDO — Que tolice!

TODAS — Sim, senhor!

LOLA — A cor branca, pelo menos,
Era a cor da loura Vênus,
Deusa esplêndida do amor.

FIGUEIREDO	Quem lhe disse?
TODAS	Sim, senhor!
FIGUEIREDO	Se eu da Mitologia Fosse o reformador Vênus transformaria Numa mulata!
TODAS	Horror!...

II

FIGUEIREDO	A mimosa cor do jambo Pede um meigo ditirambo Cinzelado com primor!
LOLA	Que tolice!
TODAS	Não, senhor!
FIGUEIREDO	Eu com os ovos, por sistema Deixo a clara e como a gema, Porque tem melhor sabor.
LOLA	Quem lhe disse?
TODAS	Não, senhor!
FIGUEIREDO	Se eu da Mitologia Fosse o reformador Vênus transformaria Numa mulata!
TODAS	Horror!...

Juntos

FIGUEIREDO
Gosto do amarelo!
Que prazer me dá!
Nada mais anelo,
Nem aspiro já!

As COCOTES
Gosta do amarelo!
Mal exemplo dá!
Vara de marmelo
Merecia já!

EUSÉBIO (*Voltando.*) — Aqui *está* cinco *papézinho* do *Colibri.* Custou! Toda a gente queria *comprá*! Eu meti o dinheiro no buraco, e o *home* lá de dentro perguntou: "Onde leva?" Eu respondi: *"Colibri"*, e ele ficou muito espantado, e disse: "É o *premero* que compra nesse bacamarte".

FIGUEIREDO — Vamos ver a corrida lá de cima. Pedirei um camarote ao Cartaxo.

TODOS — Vamos! (*Saem.*)

CENA VI

Benvinda, Lourenço e povo

LOURENÇO (*Correndo.*) — Correndo ainda apanho; mas olhe que o *Menelik*... (*Desaparece.*)

BENVINDA — Não *sinhô*, não *sinhô*! Não quero *Menelik!* Compre no que eu disse. (*Só, no proscênio.*) — Não gosto deste *home*; tem cara de padre... é muito enjoado... Nem deste, nem de nenhum... Não gosto de ninguém... O que eu tenho a *fazê* de *mió* é *vortá* para casa e *pedi* perdão a *sinhá véia*. (*Ouve-se o sinal do fechamento do jogo.*)

PESSOAS do POVO — Fechou! Fechou! Ora! E eu que não comprei! (*Dirigem-se todos para o fundo: vão assistir à corrida.*)

LOURENÇO (*Voltando.*) — Sempre cheguei a tempo de comprar a pule! (*Dando a pule a Benvinda.*) Mas que lembrança a sua de jogar no *Colibri!*

BENVINDA — É porque é o nome de um burrinho que há numa fazenda onde eu fui *passá* uns *tempo*.

LOURENÇO — Ah! É cabula? (*Ouve-se um toque de campainha elétrica.*) Se ele vencesse, você levava a casa das pules! (*Ouve-se um tiro de revólver e um pouco de música.*) Começou a corrida! Vamos ver! (*Afastam-se para o fundo.*)

CENA VII

Gouveia, Fortunata e Quinota

FORTUNATA (*Entrando apressada à frente de Gouveia e Quinota.*) — Não! Não quero *vê* meu *fio corrê* na *tá* história!... E logo que *acabá* a corrida, *levo ele pra* casa, e aqui não *vorta*!... Que coisa!... Benvinda desaparece... Seu Eusébio desaparece... Juquinha não sai do Belódromo... *Tou* vendo quando Quinota me deixa!...

QUINOTA — Oh! Mamãe! Não tenha esse receio!

FORTUNATA — Que terra! Eu bem não queria *vi* no Rio de Janeiro!

QUINOTA — Que vida tão diversa da vida da roça! (*A Gouveia.*) — Não ficaremos aqui depois de casados.

GOUVEIA — Por quê?

QUINOTA — A vida fluminense é cheia de sobressaltos para as verdadeiras mães de família!

FORTUNATA — Olhe seu Eusébio, um *home* de cinqüenta *ano*, que teve até agora tanto juízo! *Arrespirou* o *à* da *capitá federá* e perdeu a cabeça!

GOUVEIA — Apanhou o micróbio da pândega!

QUINOTA — Aqui há muita liberdade e pouco escrúpulo... faz-se ostentação do vício... não se respeita ninguém... É uma sociedade mal constituída.

GOUVEIA — Não a supunha tão observadora...

QUINOTA — Eu sou roceira, mas não tola que não veja o mal onde se acha.

FORTUNATA — Parece que já está chuviscando... Eu senti um pingo...

QUINOTA — O senhor, por exemplo, o senhor, se pensa que me engana, engana-se. Conheço perfeitamente os seus defeitos.

FORTUNATA (*À parte.*) — Aí!

GOUVEIA — Os meus defeitos?

QUINOTA — Oh! são muitíssimos — e o menor deles não é querer aparentar uma fortuna que não existe. Desagradam-me esses visíveis esforços que o senhor faz por iludir os outros. O melhor partido que o senhor tem a tomar... e olhe que este é o conselho da sua noiva, isto é, da pessoa que mais o estima neste mundo... o melhor partido que o senhor tem a tomar é abrir-se com papai... confessar-lhe que é um jogador arrependido...

GOUVEIA — Oh! Quinota!...

FORTUNATA — Não tem ó Quinota nem nada! É a verdade!...

QUINOTA — Irá conosco para a fazenda, onde não lhe faltará ocupação.

FORTUNATA — Sim *sinhô*; é *mió trabaiá* na roça que *fazê* vida de vagabundo na cidade! — Outro pingo!

QUINOTA — Papai precisa muito associar-se a um moço inteligente, nas suas condições. Sacrifique à sua tranqüilidade os seus prazeres; case-se, faça-se agricultor, e sua esposa, que não será muito exigente e terá muito bom senso, todos os anos lhe dará licença para vir matar saudades daquilo a que o senhor chama o micróbio da pândega.

GOUVEIA (À parte.) — Sim, senhor, pregou-me uma lição de moral mesmo nas bochechas!

FORTUNATA — Seu Gouveia, é *mió* a gente *i pro lugá* por onde Juquinha tem de *saí*.

GOUVEIA — Deve sair por acolá... Vamos esperá-lo na passagem. (*Estendendo o braço.*) É verdade, já está chuviscando. (*Saem. O final da corrida. Um toque de campainha elétrica. Pouco depois um pouco de música. Vozeria do povo, que vem todo ao proscênio.*)

Coro

Oh! Quem diria
Que ganharia
O *Colibri!*
Ganhou à toa!
Pule tão boa
Eu nunca vi
Aqui!

CENA VIII

Lemos, Guedes, Lourenço, o Freqüentador do Belódromo, depois Eusébio, Figueiredo, Lola, Mercedes, Dolores, Blanchette, depois S'il-vous-plaît, Juquinha, depois Fortunata, Quinota, Gouveia, depois Benvinda, depois Lourenço.

LEMOS — Ganhou o *Colibri!* Quem diria!

GUEDES — *O Colibri*!... Que pulão!...

LOURENÇO — Que desgraça!... O *Félix Faure* caiu de propósito, mas por cima de *Félix Faure* caiu o *Menelik,* por cima do *Menelik* o *Ligúria,* por cima do *Ligúria* o *Carnot,* e o *Colibri,* que vinha na bagagem, não caiu por cima de ninguém e ganhou o páreo! Que palpite de mulata! Onde estará ela? Vou procurá-la. (*Desaparece.*)

O FREQÜENTADOR (*A Lemos e Guedes.*) — Então? Eu não dizia? Ganhou o 24! Doze e doze, vinte e quatro. (*Com uma idéia.*) Ah!

Os DOIS — Que é?

O FREQÜENTADOR — Fui um asno! 24 é a data da missa de sétimo dia de minha mulher! (*Lemos e Guedes afastam-se rindo.*) Ora esta! Ora esta!... E era um pulão! (*Abre o guarda-chuva.*) Chove... Naturalmente não há mais corridas hoje... (*Afasta-se. Há na cena alguns guarda-chuvas abertos. Aparecem Eusébio, Figueiredo e as cocotes. Vêm todos de guarda-chuvas abertos.*)

FIGUEIREDO — Bravo! Foi um tiro, seu Eusébio, foi um tiro!... O *Colibri* vendeu apenas seis pules e o senhor tem cinco!

S'IL-VOUS-PLAÎT (*Metendo-se na conversa e abri-*

gando-se no guarda-chuva de Eusébio.) — Dá mais de cem mil-réis cada pule!...

EUSÉBIO — Mais de cem mil-réis? Então? Eu não disse? *C'o* aquele nome o menino não podia *perdê*! O *Colibri* é um jumento de muita sorte! (*À S'il-vous-plaît.*) *O sinhô conhece* ele?

S'IL-VOUS-PLAÎT — Quem? O *Colibri*? Sim, senhor!

EUSÉBIO — Vá chamá ele. Quero *le dá* uma *lambuge*!

S'IL-VOUS-PLAÎT — Nem de propósito! Ele aí vem. (*Chamando Juquinha que aparece.*) — Ó *Colibri!* Está aqui um senhor que jogou cinco pules em você e quer dar-lhe uma gratificação.

JUQUINHA (*Aproximando-se muito lampeiro.*) — Aqui estou, *quê dê* o *home*?

EUSÉBIO — Era o Juquinha!

JUQUINHA — Papai! (*Deita a correr e foge.*)

EUSÉBIO — Ah! Tratante! O *Colibri* era ele! *Alembrou-se* do jumento!... E foge do pai! Ora espera lá! (*Corre atrás do Juquinha e desaparece. A chuva cresce. O povo corre todo e abandona a cena.*)

LOLA — Onde vai? Espere! (*Corre atrás de Eusébio e desaparece.*)

As MULHERES — Vamos também! Vamos também! (*Correm atrás de Lola e desaparecem.*)

FIGUEIREDO — Então, minhas filhas? Não corram! (*Vai atrás delas e desaparece.*)

FORTUNATA (*Entrando de guarda-chuva.*) — É ele! É ele! É seu Eusébio! (*Sai correndo pelo mesmo lado.*)

QUINOTA (*Entrando, idem.*) — Mamãe! Mamãe! (*Corre acompanhando Fortunata.*)

GOUVEIA (*Idem.*) — Minhas senhoras!... Minhas senhoras!... (*Corre e desaparece.*)

BENVINDA (*Entrando perseguida por Lourenço, ambos de guarda-chuva.*) — Me deixe! Me deixe!... (*Desaparece.*)

LOURENÇO (*Só em cena.*) — Dê cá a pule, seu benzinho, dê cá a pule, que eu vou receber! (*Desaparece. Mutação.*)

Quadro X

(*A Rua do Ouvidor.*)

CENA I

(*1º literato, 2º literato, pessoas do povo, depois Fortunata, Quinota, Juquinha.*)

Coro

Não há rua como a rua
Que se chama do Ouvidor!
Não há outra que possua
Certamente o seu valor!
Muita gente há que se mace
Quando, seja por que for,
Passe um dia sem que passe
Pela Rua do Ouvidor!

1º LITERATO — Tens visto o Duquinha?

2º LITERATO — Qual! Depois que se meteu com a Lola, ninguém mais lhe põe a vista em cima!

1º LITERATO — É pena! Um dos primeiros talentos desta geração...

2º LITERATO — Apaixonado por uma cocote!

1º LITERATO — Felizmente a arte lucra alguma coisa com isso... O Duquinha faz magníficos versos à Lola. Ainda ontem me deu uns, que são puros Verlaine. Vou publicá-los no segundo número da minha revista.

2º LITERATO — Que está para sair há seis meses?

1º LITERATO — Oh! Vê que linda rapariga ali vem!

2º LITERATO — Parece gente da roça. (*Ficam de longe a examinar Quinota, que entra com a mãe e o irmão. Vêm todos três carregados de embrulhos.*)

FORTUNATA — *Vamo*, minha *fia*, *vamo tomá* o bonde no Largo de São Francisco. As *nossa compra está feita. Amenhã* de *menhã* vamos embora!

QUINOTA — Sem papai?

FORTUNATA — Ele que vá quando *quisé*. Hei de *mostrá* que lá em casa não se *percisa* de *home*!

QUINOTA — E... seu Gouveia?

FORTUNATA — Não me fale de seu Gouveia! Há oito *dia* não aparece! Fez como teu pai! Foi *mió* assim... Havia de *sê* muito mau marido!

JUQUINHA — Eu não quero *i* pra fazenda!

FORTUNATA — Eu te *amostro si* tu *vai* ou não *vai*! Anda *pra* frente! (*Vão saindo.*)

1º LITERATO (*À Quinota.*) — Adeus, tetéia!

FORTUNATA — Quem é que é tetéia? *Arrepita* a

gracinha, seu desavergonhado, e verá como *le* parto este chapéu de *só* no lombo!... (*Risadas.*) — *Vamo*! Que terra!... Eu bem não queria *vi* no Rio de Janeiro! (*Saem entre risadas.*)

CENA II

1º literato, 2º literato, pessoas do povo, depois Duquinha

2º LITERATO — Tu ainda um dia te sais mal com esse maldito costume de bulir com as moças!

1º LITERATO — Nada disse que a ofendesse. "Adeus, tetéia" não é precisamente um insulto.

1º LITERATO — Pois sim, mas que farias tu se dissessem o mesmo à tua irmã?

1º LITERATO — Não é a mesma coisa! Minha irmã é...

2º LITERATO — Não é melhor que as irmãs dos outros. (*Entra Duquinha, vem pálido e com grandes olheiras.*)

DUQUINHA — Ah! Meus amigos! Meus amigos! Se soubessem o que me aconteceu!

Os DOIS — Que foi?

DUQUINHA — Ainda não estou em mim!

Os DOIS — Fala!

DUQUINHA — O fazendeiro... aquele fazendeiro de quem lhes falei?...

OS DOIS — Sim!

DUQUINHA — Apanhou-me com a boca na botija!...

1º LITERATO — Mas que tem isso?

DUQUINHA — Como, que tem isso? Aquele homem é rico! Dava tudo à Lola!

2º LITERATO — Tu também não lhe davas pouco!

DUQUINHA (*Vivamente.*) — Dinheiro nunca lhe dei — nem ela o aceitaria...

1º LITERATO — Pois sim!

DUQUINHA — Jóias... vestidos... pares de luvas... leques... chapéus... Dinheiro, nem vintém! Quem sempre me apanhava algum era o Lourenço, o cocheiro.

2º LITERATO — És um pateta! Mas conta-nos isso!

DUQUINHA — Estávamos — ela e eu — na saleta, e o bruto dormia na sala de jantar. Eu tinha levado à Lola umas pérolas com que ela sonhou... Vocês não imaginam como aquela rapariga sonha com coisas caras!

1º LITERATO — Imaginamos! Adiante!

DUQUINHA — Eu lia para ela ouvir os meus últimos versos... aqueles que te dei ontem para a revista...

> Depois que te amo, depois que és minha,
> Nado em delícia, nado em delícia...

1º LITERATO — Eu sei. Verlaine puro.

DUQUINHA — Obrigado. — No fim de cada estrofe, eu

dava-lhe um beijo... um beijo quente e apaixonado... um beijo de poeta!... Pois bem, depois da terceira estrofe:

Oh! Se algum dia destino fero
Nos separasse, nos separasse...

1º LITERATO (*Continuando.*) — O que faria contar não quero...

DUQUINHA — Que se o contasse, que se o contasse... No fim dessa estrofe, Lola, que esperava a deixa, estende-me a face, eu beijo-a e o fazendeiro, de pé, na porta da saleta, com os olhos esbugalhados, dá este grito: Ah! Seu pelintreca!...

2º LITERATO — E tu?

DUQUINHA — Eu?... Eu... eu cá estou. Não sei o que mais me aconteceu. Quando dei por mim estava dentro de um bonde elétrico, tocando à toda para a cidade!...

1º LITERATO — Fizeste uma bonita figura, não há dúvida! Podes limpar a mão à parede!

DUQUINHA — Por quê?

1º LITERATO — Essa mulher não te perdoará nunca tal covardia!

2º LITERATO — Olha, o melhor que tens a fazer é não voltares lá!

DUQUINHA — Ah! Meu amigo! Isso é bom de dizer, mas eu estou apaixonado...

2º LITERATO — Tu estás mais é fazendo asneiras! Onde vais tu buscar dinheiro para essas loucuras?

DUQUINHA — Mamãe tem me dado algum... mas confesso que contraí algumas dívidas, e não pequenas. — Ora adeus! Não pensemos em coisas tristes e vamos tomar alguma coisa alegre!

Os DOIS — Vamos lá!

(*Afastam-se pela direita, cumprimentando Mercedes. Dolores e Blanchette, que entram por esse lado e se encontram com Lola, que entra, da esquerda, muito nervosa e agitada. Figueiredo entra da direita, observa as cocotes, pára, e, colocado por trás delas, ouve tudo quanto elas dizem.*)

CENA III

Lola, Mercedes, Dolores, Blanchette, Figueiredo, pessoas do povo, depois Duquinha

LOLA — Ah! Venham cá. Estou aflitíssima. Não calculam vocês que série de desgraças!

As OUTRAS — Que foi? Que foi?

Rondó

LOLA Com o Duquinha há pouco eu estava
Na saleta a conversar,
E o Eusébio ressonava
Lá na sala de jantar.
O Duquinha uns versos lia,
Mas não lia sem parar,
Que a leitura interrompia
Para uns beijos me furtar;
Mas ao quarto ou quinto beijo,
Sem se fazer anunciar,
Entra o Eusébio, e o poeta vejo

Dar um grito e pôr-se a andar!
Pretendi novos enganos,
Novas tricas inventar,
Mas o Eusébio pôs-se a panos:
Não me quis acreditar!
Vendo a sorte assim fugir-me,
Vendo o Eusébio se escapar,
Fui ao quarto *pra* vestir-me
E sair para o apanhar.
Mas no quarto vi, de chofre,
— *'Stive* quase a desmaiar! —
Vi as portas do meu cofre
Abertas de par em par!
O ladrão foi o cocheiro!
Nada ali me quis deixar!
Levou jóias e dinheiro!
Que nem posso avaliar!

BLANCHETTE — O cofre aberto!

DOLORES — Jóias e dinheiro!

MERCEDES — O cocheiro!

LOLA — Sim, o cocheiro, o Lourenço, que desapareceu!

BLANCHETTE — Mas como soubeste que foi ele?

LOLA — Por esta carta, a única coisa que encontrei no cofre! Ainda por cima escarneceu de mim! (*Tem tirado a carta da algibeira.*)

MERCEDES — Deixa ver.

LOLA — Depois! Agora vamos à polícia! Não! À polícia não!

As TRÊS — Por quê?

LOLA — Não convém. Logo saberão por quê. Vamos a um advogado! *(Julga guardar a carta, mas está tão nervosa que deixa-a cair.)* Vamos!

As TRÊS — Vamos! (*Vão saindo e encontram com Duquinha.*)

DUQUINHA — Lola!

LOLA (*Dando-lhe um empurrão.*) — Vá para o diabo!

As TRÊS — Vá para o diabo! (*Saem as cocotes, Figueiredo disfarça e apanha a carta que Lola deixou cair.*)

DUQUINHA (*Consigo.*) — Estou desmoralizado! Ela não me perdoa o ter saído, deixando-a entregue à fúria do fazendeiro! Sou um desgraçado! Que hei de fazer?... Vou desabafar em verso... Não! Vou tomar uma bebedeira!... (*Sai.*)

CENA IV

Figueiredo, pessoas do povo

FIGUEIREDO — Ora aqui está como uma pessoa, sem querer, vem ao conhecimento de tanta coisa! Vejamos o que o cocheiro lhe deixou escrito. (*Põe a luneta e lê.)* — "Lola. — Eu sou um pouco mais artista que tu. Saio da tua casa sem me despedir de ti, mas levo, como recordação da tua pessoa, as jóias e o dinheiro que pude apanhar no teu cofre. Cala-te; se fazes escândalo, ficas de mal partido, porque eu te digo: 1º, que de combinação representamos uma comédia *pra* extorquir dinheiro ao Eusébio; 2º, que induziste um filho-família a contrair dívidas para presentear-te com jóias; 3º, que nunca foste espanhola e sim ilhoa; 4º, que foste a amante do teu excocheiro — Lourenço." Sim, senhor, é de muita força a tal senhora dona Lola!... Não há, juro que não há mulata capaz de tanta pouca vergonha! (*Sai.*)

CENA V

Gouveia, pessoas do povo, depois Pinheiro
(*Gouveia traz as botas rotas, a barba por fazer, um aspecto geral de miséria e desânimo.*)

GOUVEIA — Ninguém, que me visse ainda há tão pouco tempo tão cheio de jóias, não acreditará que não tenho dinheiro nem crédito para comprar um par de sapatos! Há oito dias não vou à casa de minha noiva porque tenho vergonha de lhe aparecer neste estado!

PINHEIRO (*Aparecendo.*) — Oh! Gouveia! Como vai isso?

GOUVEIA — Mal, meu amigo, muito mal...

PINHEIRO — Mas que quer isto dizer? Não me pareces o mesmo! Tens a barba crescida, a roupa no fio... Desapareceu do teu dedo aquele esplêndido e escandaloso farol, e tens umas botas que riem da tua esbodegação!

GOUVEIA — Fala à vontade. Eu mereço os teus remoques.

PINHEIRO — E dizer que já me quiseste pagar com juros de cento por cento, dez mil-réis que eu te havia emprestado!

GOUVEIA — Por sinal que disseste, creio, que esses dez mil-réis ficavam ao meu dispor.

PINHEIRO — E ficaram. (*Tirando dinheiro do bolso.*) Cá estão eles. — Mas como um par de botinas não se compra com dez mil-réis, aqui tens vinte... sem juros. Pagarás quando quiseres.

GOUVEIA — Obrigado, Pinheiro; bem se vê que tens uma alma grande e nunca jogaste roleta.

PINHEIRO — Nada! — Sempre achei que o jogo, seja ele qual for, não leva ninguém para diante. — Adeus, Gouveia... aparece! Agora, que estás pobre, isso não te será difícil... (*Sai.*)

CENA VI

Gouveia, depois Eusébio

GOUVEIA — Como este tipo faz pagar caro os seus vinte mil-réis! Ah! Ele apanhou-me descalço! Enfim vamos comprar os sapatos! (*Vai saindo e encontra-se com Eusébio, que entra cabisbaixo.*) — Oh! O sr. Eusébio!...

EUSÉBIO — Ora! *Inda* bem que *le* encontro!...

GOUVEIA (*À parte.*) — Naturalmente já voltou à casa... Como está sentido!... Vai falar-me de Quinota!...

EUSÉBIO — Hoje de *menhã encontrei ela* beijando um mocinho!

GOUVEIA — Hein?

EUSÉBIO — É levada do diabo! Não sei como o *sinhô* pode *gostá* dela!

GOUVEIA — Ora essa! A ponto de querer casar-me!

EUSÉBIO — Era uma burrice!

GOUVEIA — Custa-me crer que ela...

EUSÉBIO — Pois creia! Beijando um mocinho, um pelintreca, seu Gouveia!... Veja o *sinhô* de que serviu *gastá* tanto dinheiro com ela!...

GOUVEIA — Sim, o senhor educou-a bem... ensinou-lhe muita coisa...

EUSÉBIO (*Vivamente.*) — Não, *sinhô*! Não ensinei nada!... Ela já sabia tudo! O *sinhô*, sim! Se *arguém* ensinou foi o sinhô e não eu! Beijando um pelintreca, seu Gouveia!...

GOUVEIA — Dona Fortunata não viu nada?

EUSÉBIO — Dona Fortunata?... Uê!... Como é que *havera* de *vê*?... Olhe, eu lá não *vorto*!

GOUVEIA — Não volta! Ora esta!

EUSÉBIO — Não quero mais *sabê* dela.

GOUVEIA — Deve lembrar-se que é pai!

EUSÉBIO — Por isso memo! Ah! Seu Gouveia, se arrependimento *sarvasse*... Bem, o *sinhô* vai me *apadrinhá*, como noutro tempo se fazia *cum* preto fugido... Não me atrevo a *entrá in* casa sozinho depois de tantos dias de *osença*!

GOUVEIA — Em casa? Pois o senhor não me acaba de dizer que lá não volta porque dona Quinota...

EUSÉBIO — Quem *le* falou de Quinota?

GOUVEIA — Quem foi então que o senhor encontrou aos beijos com o pelintreca? — Ah! Agora percebo! A Lola!...

EUSÉBIO — Pois quem *havera* de *sê*?

GOUVEIA — E eu supus... Onde tinha a cabeça?... Perdoa, Quinota, perdoa! — Vamos, senhor Eusébio... Eu o apadrinharei, mas com uma condição: o senhor por sua vez me há de apadrinhar a mim porque eu também não apareço à minha noiva há muitos dias!

EUSÉBIO — Por quê?

GOUVEIA — Em caminho tudo lhe direi. (*À parte.*) — Aceito o conselho de Quinota: vou abrir-me. (*Alto.*) — Tenho ainda que comprar um par de sapatos e fazer a barba.

EUSÉBIO — *Vamo*, seu Gouveia! (*Saem. Ao mesmo tempo aparece Lourenço perseguido por Lola, Mercedes, Dolores e Blanchette.*)

CENA VII

Lourenço, Lola, Mercedes, Dolores, Blanchette, pessoas do povo

LOLA e os OUTROS — Pega ladrão! Pega ladrão! *(Lourenço é agarrado por pessoas do povo e dois soldados que aparecem. Grande vozeria e confusão. Apitos. Mutação.)*

Quadro XI

(*O sótão ocupado pela família de Eusébio.*)

CENA I

Juquinha, depois Fortunata, depois Quinota

JUQUINHA (*Entrando a correr da esquerda.*) — Mamãe! Mamãe!

FORTUNATA (*Entrando da direita.*) — Que é, menino?

JUQUINHA — Papai *tá i*!

FORTUNATA — *Tá i*?

JUQUINHA — Eu *encontrei ele* ali no canto e ele me disse que viesse *vê* se *va'mecê tava* zangada, que se tivesse ele não entrava.

FORTUNATA — Oh! aquele *home*, aquele *home* o que merecia! Vai, vai *dizê* a ele que não *tô* zangada!

JUQUINHA — Seu Gouveia *tá* junto *c'o* ele.

FORTUNATA — Bem! *Venha* todos dois. (*Juca sai correndo.*) — Quinota, Quinota!

A voz de QUINOTA — Senhora?

FORTUNATA — Vem cá, minha *fia*. — Eu não ganho nada me consumindo. Já tou *véia*; não quero me *amofiná*. (*Entra Quinota.*) — Quinota, teu pai vem aí... mas o que está *arresolvido* está: *amenhã* de *menhã vamo* embora.

QUINOTA — E seu Gouveia?

FORTUNATA — Também vem aí.

QUINOTA (*Contente.*) — Ah!

FORTUNATA — Não quero mais *ficá* numa terra onde os *marido passa* dias e *noite* fora de casa...

CENA II

Fortunata, Quinota, Juquinha, Eusébio, depois Gouveia

JUQUINHA (*Entrando.*) — *Tá i* papai!

EUSÉBIO (*Da porta.*) — Posso *entrá*? Não *temo* briga?

QUINOTA — Estando eu aqui, não há disso!

FORTUNATA — Sim, minha *fia*, tu *é* o anjo da paz.

QUINOTA (*Tomando o pai pela mão.*) — Venha cá. (*Tomando Fortunata pela mão.*) — Vamos! Abracem-se!...

FORTUNATA (*Abraçando-o.*) — Diabo de *home*, *véio* sem juízo!

EUSÉBIO — Foi uma maluquice que me deu! *Raie*, *raie*, dona Fortunata!

FORTUNATA — Pai de *fia* casadeira!

EUSÉBIO — Tá bom! Tá bom! Juro que nunca mais! Mas deixe *le dizê...*

FORTUNATA — Não! Não diga, nada! Não se defenda! É *mió* que as *coisa fique* como *está.*

JUQUINHA — Seu Gouveia *tá* no *corredô.*

QUINOTA — Ah! (*Vai buscar Gouveia pela mão. Gouveia entra manquejando.*)

EUSÉBIO — Assim é que o *sinhô* me apadrinhou?

GOUVEIA — Deixe-me! Estes sapatos novos fazem-me ver estrelas!

FORTUNATA — Seu Gouveia, *le* participo que *amenhã* de *menhã tamo* de *viage.*

EUSÉBIO — Já conversei *co'* ele.

GOUVEIA (*A Quinota.*) — Eu abri-me!

EUSÉBIO — Ele vai *co'a* gente. Não tem que *fazê* aqui. *Tá* na pindaíba, mas é o *memo.* Casa com Quinota e fica sendo meu sócio na fazenda.

QUINOTA — Ah! Papai! Quanto lhe agradeço!

JUQUINHA — A Benvinda *tá i.*

TODOS — A Benvinda!

FORTUNATA — Não quero *vê ela*! Não quero *vê ela*!

(*Quinota vai buscar Benvinda, que entra a chorar, vestida como no primeiro quadro, e ajoelha-se aos pés de Fortunata.*)

CENA III

Os mesmos, Benvinda

BENVINDA — *Tô* muito arrependida! Não valeu a pena!

FORTUNATA — Rua, sua desavergonhada!

EUSÉBIO — Tenha pena da mulata!

FORTUNATA — Rua!

QUINOTA — Mamãe, lembre-se que eu mamei o mesmo leite que ela.

FORTUNATA — Este diabo não tem *descurpa*! Rua!

GOUVEIA — Não seja má, dona Fortunata. Ela também apanhou o micróbio da pândega.

FORTUNATA — Pois bem, mas se não se *comportá dereto*... (*Benvinda vai para junto de Juquinha.*)

EUSÉBIO (*Baixo à Fortunata.*) — Ela há de *casá* com seu *Borge*... Eu dou o dote...

FORTUNATA — Mas seu *Borge*...

EUSÉBIO — Quem não sabe é como quem não vê. (*Alto.*) A vida da *capitá* não se fez para nós... E que tem isso?... É na roça, é no campo, é no sertão, é na lavoura que está a vida e o progresso da nossa querida pátria. (*Mutação.*)

Quadro XII

(Apoteose à vida rural.)

Toda a música desta peça é composta pelo sr. Nicolino Milano, à exceção das coplas às págs. 31 e 142, do coro à pág. 35, do duetino à pág. 44 e do quarteto à pág. 56 que foram compostas pelo sr. dr. Assis Pacheco, e da valsa à pág. 20, composição do sr. Luís Moreira.

Fim

Arthur Azevedo

Simples e direto na linguagem que elaborou para o palco, Arthur Azevedo deu um impulso essencial ao teatro brasileiro sedimentando em suas peças a tradição que provinha da obra pioneira de Martins Pena. Contista e cronista de presença assídua na imprensa, tornou-se ainda, como Machado de Assis, importante testemunha da sociedade do Rio de Janeiro no fim do século XIX.

Irmão de Américo Azevedo, também autor teatral, e do romancista Aluísio Azevedo, Arthur Nabantino Gonçalves de Azevedo nasceu em São Luís, Maranhão, em 7 de julho de 1855. Preparado pelo pai para o comércio, seguiu, no entanto, desde muito cedo, a vocação literária. Aos 15 anos, já havia composto várias peças e, aos 17, lançou em São Luís o primeiro dos vários periódicos de que foi fundador, *O Domingo*.

Imcompatibilizado com os chefes políticos e a sociedade maranhense, depois de publicar no livro *Carapuças* (1871) uma série de poemas satíricos, mudou-se para o Rio de Janeiro onde trabalhou como revisor e tradutor de folhetins. Sua paródia da opereta francesa *La Fille de Madame Angot*, então muito famosa, a que intitulou *A filha de Madame Angu* (1876), abriu-lhe as portas do sucesso no palco, do qual jamais se afastaria como autor, tradutor e animador.

O teatro musicado introduziu-se no Brasil por meio das

operetas e revistas de Arthur Azevedo, como *O mandarim* (1884), *Cocota* (1885), *O bilontra* (1886), que alcançou enorme popularidade e longa permanência em cartaz. Sob aparências leves, temperadas pelo sentido cômico das situações que criava, o teatrólogo submeteu a sociedade da época a críticas ainda mais contundentes nas dezenas de comédias que escreveu com incansável fôlego: *Horas de humor* (1876), *A jóia* (1879), *A almanjarra* (1888), *Entre o vermute e a sopa* (1895), *A capital federal* (1897), *O badejo* (1898), *O mambembe* (1904), *O dote* (1907), entre muitas outras.

Paralelamente ao teatro, desenvolveu intensa atividade jornalística. Fundou periódicos como a *Revista dos Teatros*, *A Gazetinha*, *O Álbum* e, usando às vezes pseudônimo, colaborou nos principais jornais cariocas de seu tempo, como *O País*, *Diário de Notícias* e *Correio da Manhã*.

Tendo escrito em versos rimados, em que era mestre, várias de suas peças, usou essa mesma técnica em infindáveis sátiras que publicou originalmente em jornais. Em poesia ou prosa ligeira, seus comentários às questões cotidianas despertaram tanto interesse quanto as criações de ribalta.

A coleta em livros da produção esparsa na imprensa permitiu vida mais longa e sua obra de ficcionista e poeta de circunstância, constituída por títulos como *Contos possíveis* (1889), *Contos fora da moda* (1893), *Contos efêmeros* (1897) e, em publicação póstuma, *Contos em versos* (1909), *Contos cariocas* (1928) e *Vida alheia* (1929).

Essa parte de sua obra conserva certo sabor, pela fluência e rapidez telegráfica do estilo, mas foi por suas comédias de costumes — reencenadas com êxito ainda um século depois — que o grande satírico entrou para a posteridade. Membro fundador da Academia Brasileira de letras, Arthur Azevedo morreu no Rio de Janeiro em 22 de outubro de 1908.

Índice

ATO II

ATO III

94 • Complemento de Leitura

EDITORA MARTIN CLARET
R. Alegrete, 62 - Bairro Sumaré - São Paulo -SP
Cep: 01254-010 - Tel.: (11) 3672-8144 - Fax.: (11) 3673-7146
www.martinclaret.com.br

Nome ______________________________________

Série _____ Grau _____ Professor ______________________

Escola ______________________________________

Esclarecimentos:

Este instrumento de trabalho tem por principal objetivo explorar a leitura, trazer ao leitor a oportunidade de refletir e confrontar-se com o texto. Ao nos depararmos com uma obra literária, não podemos desconsiderar o universo contextual do autor e que tipo de reprodução ele realiza. Presente e passado, estilos individuais, de época, conceitos e "pré-conceitos", tudo deve ser confrontado e analisado ao entrarmos em contato profundo com uma obra.

Por mais que a arte queira sobreviver por si própria, ela se tornará vazia e "non-sense" se não carregar marcas de humanidade.

Por isso, a Editora Martin Claret tem como lema "pensar é causar", convidando você para trilhar os horizontes pedagógicos que aí estão para "ser mais" e "causar" (subentenda-se transformações pessoais e sociais).

Sobre o autor e a obra

Arthur Azevedo foi jornalista, poeta, contista e teatrólogo. Juntamente com Aluísio Azevedo, seu irmão, e outros escritores, fundou a Academia Brasileira de Letras. Com uma vasta produção literária, uma de suas especialidades é retratar a vida cotidiana da cidade do Rio de Janeiro do final do século XIX. Na obra *A Capital Federal* temos um retrato bem-humorado da sociedade carioca dessa época. Personagens que representam os tipos que circulavam no Rio de Janeiro desfilam neste texto leve e alegre de Arthur Azevedo. Esta é mais uma obra-prima que a Edirora Martin Claret traz para sua coleção. Boa leitura.

Reflexões

1. Quais características estéticas podemos encontrar neste texto de Arthur Azevedo?

____
____
____
____
____
____
____

2. Justifique o título *A Capital Federal.*

____
____
____
____
____
____

3. Onde se desenrolam os fatos da narrativa? Retire do texto elementos que comprovam sua resposta.

____
____

4. A obra de Arthur Azevedo retrata um momento do cotidiano da cidade do Rio de Janeiro. Retire do texto alguns hábitos retratados pelo autor.

5. Quais os tipos humanos retratados por Arthur Azevedo em *A Capital Federal*? Justifique sua resposta com trechos do livro que caracterizam as personagens.

6. "Não há rua como a rua
Que se chama Ouvidor!
Não outra que possua
Certamente seu valor!" (p.158)

A rua do Ouvidor é palco de muitos contos de Machado de Assis e também é citada na obra de Arthur Azevedo. Qual teria sido sua importância no final do século XIX?

7. No final da página 22, Lola afirma à Figueiredo que enquanto Gouveia ganhasse o jogo (era viciado em jogos de azar), ela o amaria. E justifica sua fala com a expressão: "*Fin de siècle*, meu caro senhor, *fin de siècle*." Qual é o significado desta expressão e o que ela representa em relação ao comportamento das pessoas que viviam nesta época?

8. Faça uma breve pesquisa e descubra se a cidade do Rio de Janeiro do final do século XIX foi palco para outros autores da época e que visão da cidade era retratada por eles.

9. Em que época o Rio de Janeiro foi a Capital Federal do Barsil e por que razão?

10. *Redação em grupo*: Você e seu grupo deverá escolher uma época que tenha sido interessante em sua cidade. Criar alguns personagens e redigir uma pequena peça teatral, de preferência humorística. Atente para as características que um texto criado especialmente para o teatro deve ter. Bom trabalho.

Suporte Pedagógico Editorial

CRISTINA SPECHOTO: spechoto@martinclaret.com.br
MAURO ARAUJO DE SOUSA: mauroade@martinclaret.com.br
SILVIO SANTANNA: annasant@martinclaret.com.br

Responsável por:

CAPITAL FEDERAL: Profa. Cristina Spechoto